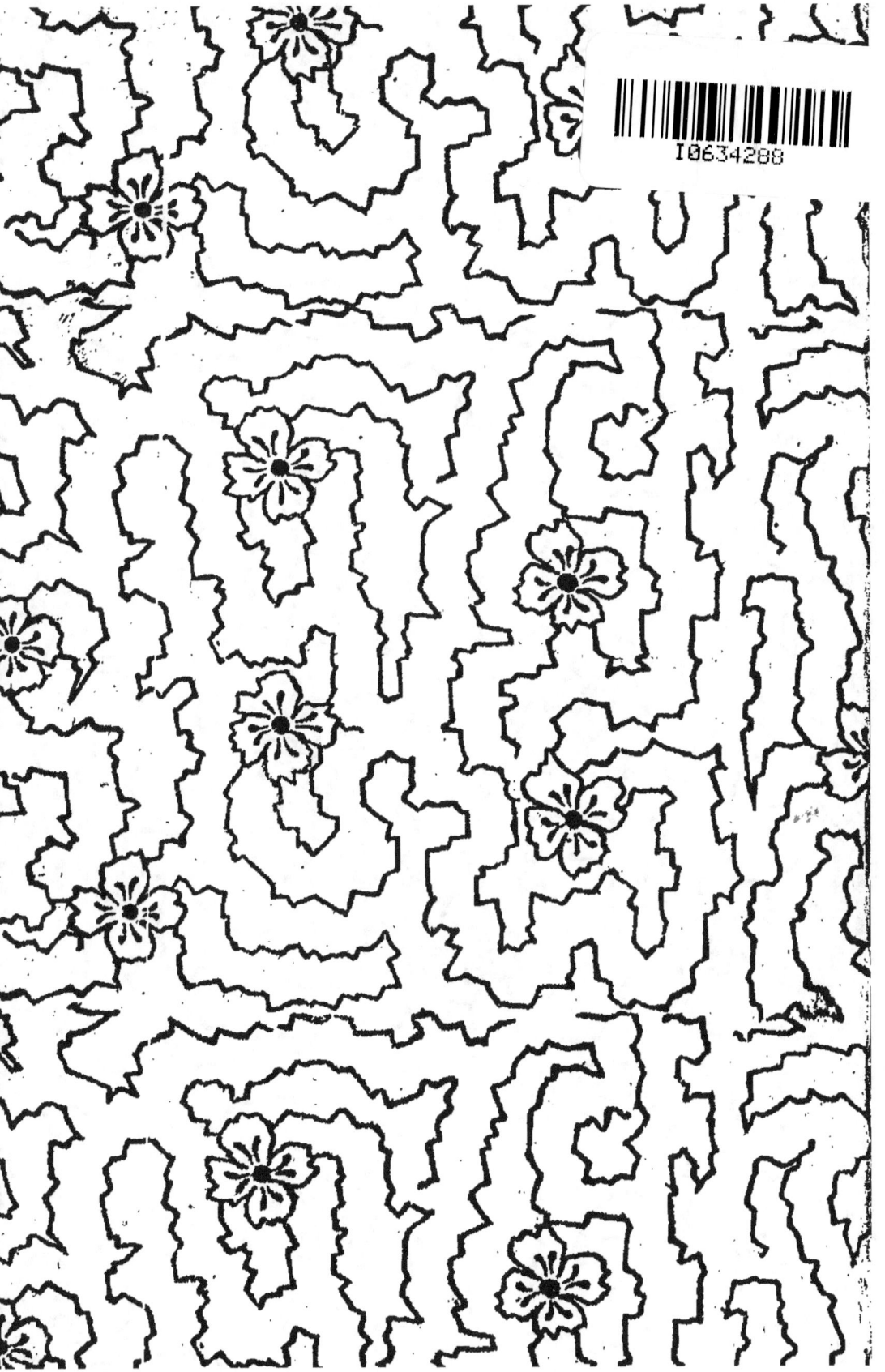

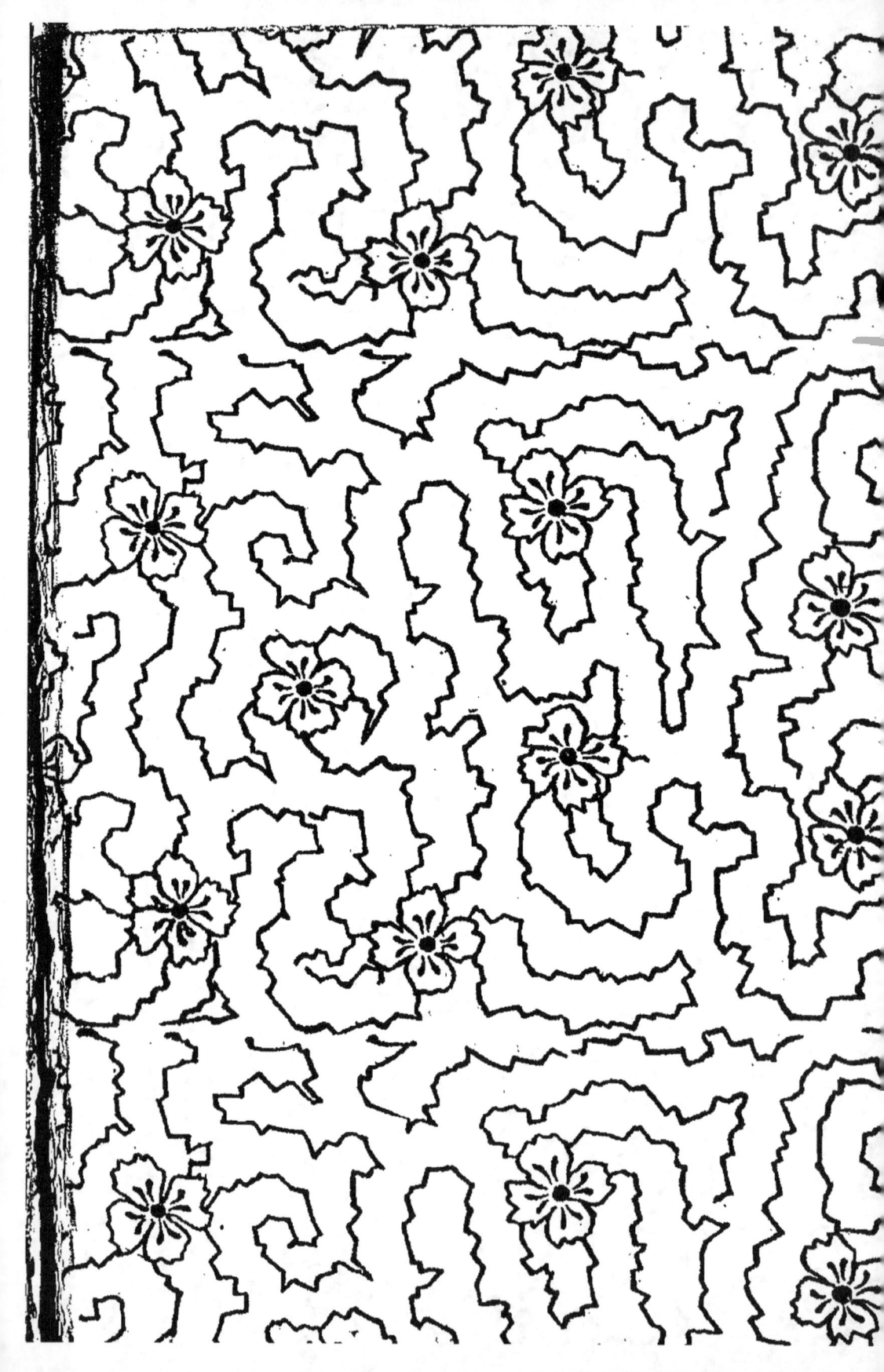

BIBLIOTHÈQUE DÉMOCRATIQUE

DIRECTEUR : M. VICTOR POUPIN.

ANDRÉ LÉO

LA COMMUNE
E MALENPIS

CONTE

PARIS

'E DE LA BIBLIOTHÈQUE DÉMOCRATIQUE

place des Victoires, 9

57
b

1

50 centimes

LA

COMMUNE DE MALENPIS

BIBLIOTHÈQUE DÉMOCRATIQUE

DIRECTEUR : M. VICTOR POUPIN

ANDRÉ LÉO

LA COMMUNE
DE MALENPIS

CONTE

PARIS

LIBRAIRIE DE LA BIBLIOTHÈQUE DÉMOCRATIQUE

9, PLACE DES VICTOIRES, 9

1874

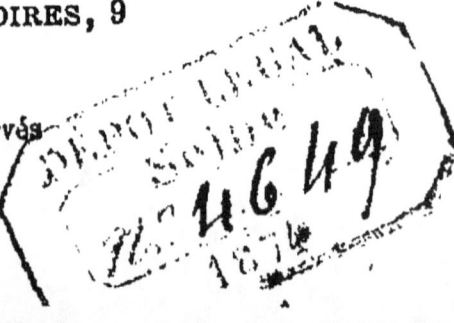

ANDRÉ LÉO

Le premier livre de cet écrivain, *un Mariage scandaleux*, obtint un légitime succès.

Puis vinrent : *Les Deux Filles de M. Plichon, Jacques Galéron, Un Divorce*, l'*Idéal au village*, l'*Institutrice*, le *Père Brafort* (1), romans d'un sentiment très-fin, d'un esprit élevé, d'un talent des plus sympathiques.

Outre ces œuvres d'imagination, d'au-

(1) Il faut citer encore : *Attendre-Espérer*, — *Double Histoire*, — *Aline-Ali*, — *Sœur Sainte Rose*, — *les Légendes corréziennes* ; toutes conceptions d'un vif intérêt.

tres travaux, — *Lettre d'une mère de famille* à M. Duruy, sur l'éducation; *la Femme et les Mœurs*; *Communisme et Propriété*; *La Guerre sociale*, discours prononcé en 1871 au congrès de la Paix, à Lausanne; enfin de nombreux articles dans le *Rappel*, l'*Opinion nationale*, la *Démocratie*, le *Siècle*, etc., — ont puissamment contribué à rendre populaire le nom de notre nouveau collaborateur.

La *Commune de Malenpis* a d'abord paru dans la *République française*; nos amis ne lui en feront qu'un meilleur accueil.

André Léo est en exil. Combien de calomnies, et des plus odieuses, répandues sur son compte! André Léo attend avec confiance l'heure de mettre à néant toutes ces infamies.

Victor POUPIN.

COMMUNE DE MALENPIS

Il y avait, dans un pays près d'ici, mais fort petit et qui ne se voit pas sur la carte, une commune indépendante de tous les peuples voisins, qui se gouvernait à sa guise, en raison de vieilles chartes qu'elle avait.

Ces chartes portaient que jamais aucun roi, empereur, ni prince, ne pourrait mettre le pied sur le territoire de la commune, sans qu'aussitôt tous les balais de l'endroit, aux mains de toutes les ménagères en état de porter les armes, fussent mis à ses trousses; et, pour plus de sûreté, tous

les hommes valides, avec faux et four-
ches, devaient escorter les femmes et
les balais.

Moyennant cette convention, bien
et dûment signée et paraphée des-
dits princes voisins, la commune en-
voyait à chaque prince, au jour de sa
fête, un bouquet de roses ou de houx,
suivant la saison, accompagné d'une
oie grasse.

C'était, de coutume, un jeune garçon et une jeune fille qui portaient
ces présents ; la fille le bouquet, le
garçon l'oie, et l'on choisissait ordinairement pour cela deux amoureux,
qui se mariaient l'année suivante.

Cette coutume remontait à plus de
cent années, et voici, dit-on, d'où elle
venait : Le fils du roi Goinfrard,

vaincu à la guerre par son rival l'empereur Casse-Cou, était venu se réfu-
gier dans la commune, chez un fermier, homme de bien, qui le cacha de
son mieux, et ainsi lui sauva la vie.
Cependant le prince profita de l'hos-
pitalité qui lui était donnée pour sé-
duire la fille de son hôte. Un jour le
père les surprit ensemble; il avait
sa serpe en main, et allait en tuer le
prince, quand celui-ci se jeta à ses
genoux, lui promettant tout ce qu'il
voudrait.

— Or donc, dit le fermier, vous
allez me signer la franchise entière
de notre commune, et que ni vous désormais, ni aucun de votre race n'y
mettra le pied.

Ce qui fut fait; et bientôt après

l'empereur Casse-Cou, guéri de la gravelle par une bonne femme du pays, signa le même don, en sorte que la commune fut débarrassée de ses deux puissants voisins et s'en trouva très-heureuse ; car il y avait des centaines d'années que ce pauvre petit coin de terre était foulé comme une aire à blé par les gens d'armes des deux pays, qui s'y battaient, et l'infestaient de leurs mauvaises mœurs. En peu d'années, la commune de Malenpis devint prospère. Ces gens, libres de s'arranger à leur gré, firent au mieux, selon leur idée ; et l'on célébra tous les ans, en l'honneur de cet événement, une grande fête, qui s'appelait la *Nouvelle*, à cause de la nouvelle vie qu'ils avaient eue à partir de ce moment-là.

Comme il est écrit en tête de cette histoire, le nom de la commune était Malenpis, qu'elle tenait d'anciens seigneurs, qui longtemps l'avaient possédée, selon les fâcheuses coutumes d'autrefois. C'était bien à la commune de Malenpis qu'avaient été conférées les chartes dont il vient d'être parlé. Mais, depuis ce temps, le nom avait changé, comme cela se fait au village, peu à peu, sans que l'on sache trop comment. Vous connaissez tous des exemples de cette mode-là, très-commune, surtout pour les noms des gens, et nous ferons connaissance tout à l'heure d'habitants du pays ainsi débaptisés; l'un surnommé Boissansoif, l'autre Pingrelet, celui-ci Gobe-Là, celui-là

Trop-d'Un, et même leur vrai nom
s'en était presque oublié. Il en fût
donc ainsi de la commune, que maintenant on appelait le plus souvent
Bien-Arrose ou Bien-Heureuse, on
ne savait trop lequel. Les habitants
disaient Bien-Heureuse, ce nom leur
faisant plaisir ; mais le maître d'école
et les gens méticuleux assuraient que
c'était Bien-Arrose, autrement dit :
Bien-Arrosée, à cause de la grande
quantité de ruisseaux qui la parcou-
raient, détournés les uns de la rivière
et les autres des fontaines, et qui, sa-
gement distribués, par les soins du
Conseil municipal, portaient dans
chaque pièce de terre fraîcheur et fer-
tilité.

Peut-être bien le maître d'école

avait-il raison ; mais les habitants n'avaient pas tort ; car c'était vraiment un lieu plaisant, prospère et où il faisait bon vivre. Chacun y possédait au moins sa maison et son jardin, et trouvait un bon prix de son travail. Les champs, bien soignés, rendaient les plus belles récoltes, les chênes y poussaient hauts comme des clochers : les arbres fruitiers, réjouissant l'œil au printemps de leurs bouquets blancs, semés par toute la campagne, rompaient à l'automne sous les fruits ; on bâtissait sans cesse de nouvelles maisons, de nouveaux greniers, de nouvelles caves, et nulle part on ne voyait d'enfants si joufflus, de filles si roses et si blanches, ni de gars mieux découplés. C'était, comme

on dit, le plus beau sang de toute la
contrée, si bien que les grands seigneurs du royaume et de l'empire
voisin y envoyaient chercher des
nourrices pour leurs enfants ; mais on
reconduisait poliment ces envoyés.

— Nenni! merci bien! disaient les
mères, c'est pour nos enfants que le
lait est monté dans nos mamelles ; si
vos belles dames en manquent, c'est
leur faute peut-être. En tout cas, nos
enfants auront des mères, si les vô-
tres n'en ont pas.

Et puis, elles couvraient de gros
baisers leurs nourrissons qui, la main
sur la bouteille, regardaient de tra-
vers les étrangers venus pour prendre leur bien.

Cependant, diront quelques-uns,

si les habitants de Malenpis, ou de Bien-Heureuse, comme il vous plaira, n'avaient à leur tête ni roi ni empereur, qui est-ce qui faisait leurs affaires? Avaient-ils du moins un gouvernement?

C'était simple comme bonjour : ils avaient un Conseil municipal qui s'occupait des affaires communes, c'est-à-dire de l'école, des routes, de l'irrigation, de la culture du bien communal (consistant en un bois et quelques prairies), de l'hygiène et de l'assistance.

L'école était gratuite ; les instituteurs et institutrices étaient bien payés, et assez nombreux pour que chaque enfant fût bien enseigné.

Les routes étaient bien entrete-

nues, et il y en avait partout où besoin était.

L'hygiène consistait en ceci, qu'on
avait, comme cela se fait en quelques
pays, notamment en Suisse, un bon
médecin payé par la commune pour
soigner tous les malades, et une phar-
macie où les remèdes se vendaient
à prix de revient, c'est-à-dire très-
bon marché.

L'assistance prenait à sa charge
les vieillards sans enfants, ou que
leurs enfants ne pouvaient nourrir
(mais cela était fort rare), et les orphelins.

L'impôt qu'il fallait payer pour
toutes ces dépenses ne s'élevait pas
à plus de 5 francs par tête; car la
commune avait cinq mille habitants;

et c'était absolument tout; il n'y avait pas d'autre impôt. Bien entendu que chacun payait plus ou moins, selon ses moyens, les uns 20, 30 et jusqu'à 100 francs, et tel autre 1 franc, 2 francs, parfois rien du tout, s'il était pauvre. Et pour cet impôt une fois payé, on n'avait plus rien à débourser, ou fort peu de chose, quand on était malade, ni pour faire instruire ses enfants; on n'avait pas non plus le cruel spectacle de gens misérables et abandonnés. Le médecin faisait une fois par semaine, le dimanche soir, un cours, c'est-à-dire une sorte de leçon très-amusante, — car ce médecin était un homme d'esprit, — sur la manière de se conduire pour se bien porter, et il montrait qu'on y arrivait par quatre chemins : — par la propreté; — par le bon exercice du travail ; — par la sobriété;— par la bonté et la justice, — toutes choses qui en même temps aboutissaient à vous rendre heureux.

Quant à la justice des tribunaux, — cela vous étonnera sans doute ?— il n'y avait, à Bien-Heureuse, ni huissier, ni avoué, ni avocat, ni juge; il n'y avait pas non plus de gendarmes. C'est que jamais, de mémoire de grand'père, il n'y avait eu de porte enfoncée, ni d'armoire crochetée, dans la commune, et jamais non plus l'on n'y avait assassiné personne.

Les gens de Bien-Heureuse ouvraient de grands yeux quand on leur parlait de choses pareilles qui se passaient fréquemment en d'autres pays.

—Il faut être, disaient-ils, bien malade
pour faire de ces bêtises-là. — Pour
eux, qui se portaient bien, ils ne comprenaient que deux choses : travailler
la semaine, et rire le dimanche.

Je ne vous dirai pas pourtant qu'il
n'y avait point parmi eux de gens à
qui le bien du voisin ne fît envie, et
qui, à force d'avoir peur de perdre un
pouce de terrain, n'en prissent parfois de l'autre côté un demi-mètre.
Eh! que voulez-vous? C'étaient des
hommes, et non point des anges; il
ne faut dire que la vérité. Il arrivait
bien aussi de temps en temps que
deux bonnes langues vinssent à s'en-
treprendre et à se dire de ces choses
que la politesse ordonne de garder

pour soi. Une fois, on avait vu, pour
les œufs d'une poule qui était allée
pondre chez le voisin, deux commères
se prendre aux cheveux, après avoir
fait voler leurs coiffes dans la rue.
Cela se racontait aux enfants à la
veillée, comme exemple des sottises
que fait la colère, et l'on ne manquait pas d'ajouter que, après le com-
bat, les œufs, objets de tout ce ta-
page, se trouvèrent cassés.

Il pouvait encore arriver qu'une
bergère, moins attentive à ses moutons qu'au labourage d'à côté, ou
peut-être au laboureur, laissait aller
son troupeau dans quelque trèfle ou
avoine ; que de petits bergers s'occu-
paient de chercher des nids, tandis que
leurs dindons allaient moissonner,

ou que leurs oies vendangeaient; il
me faut bien avouer que les écoliers
de Bien-Heureuse aimaient les ceri-
ses, les pommes, les framboises, tout
comme les écoliers des autres pays;
et qu'enfin de tout cela il s'ensuivait
des dommages, et par conséquent
des contestations. Il y avait même
des partages, où l'on ne s'entendait
pas beaucoup plus qu'ailleurs.

Alors, me direz-vous, comment
donc ces gens-là pouvaient-ils faire?
Car il est bien clair qu'entre deux
personnes, dont chacune ne voit que
son intérêt, il faut un tiers qui décide.

C'est justement là ce qu'on faisait.
Seulement, au lieu d'avoir tout un
tribunal à payer bien chèrement, tant
par l'impôt que par le procès, et sans

compter les huissiers et les avocats, les gens de Bien-Heureuse trouvaient plus simple de prendre parmi eux un ou deux hommes de bien, connus pour leur bon sens et leur sagesse, qui, après avoir entendu chaque plaideur et vu ce dont il était question, rendaient un jugement, toujours plus clair, et souvent plus sage, que ceux des juges. Cela se passait le dimanche sur la place publique, c'est-à-dire devant témoins, et il n'était besoin d'autre enregistrement; car celui qui, après avoir choisi son arbitre, eût refusé de faire comme il avait dit, aurait été méprisé de tout le monde. Quand l'arbitre avait été obligé, pour juger des choses, de se déranger de son travail, on lui payait sa journée, et tout était dit.

Cette chose-là et bien d'autres étaient bonnes, — au moins à mon avis, — mais il manquait à Bien-Heureuse deux choses essentielles : la première, un bon Conseil communal ; car, précisément au moment dont je vous parle, elle en avait un composé de gens à moitié fous, et qui, justement pourcela, ne voulaient pas s'en aller. On avait oublié de leur dire pour combien de temps on les nommait, en sorte qu'ils se croyaient le droit de faire à leur tête, et à perpétuité, les affaires de la commune. Ce qu'il y avait de plaisant, c'est qu'ils prétendaient agir ainsi par amour du bien public et de leurs concitoyens, disant que ceux-ci n'étaient

pas sages, qu'ils ne savaient pas ce
qu'il leur fallait, et qu'il était besoin
de les rendre heureux malgré eux, et de
la façon qu'ils n'entendaient pas. Certaines gens à Bien-Heureuse trouvaient cette idée si drôle qu'ils en
riaient à se fouler la rate ; mais le plus
grand nombre, fort mécontent, se demandait quand cela allait finir. Il n'y
avait dans ce Conseil qu'un seul
homme de bon sens, le père Lavisé,
et il avait voulu s'en aller ; mais ceux
qui l'avaient nommé l'avaient prié de
rester pour voir s'il n'empêcherait
pas les autres de faire des bêtises. Il
les prêchait donc et se moquait
d'eux.

—Où a-t-on jamais vu, leur disait-
il, que le ruisseau soit le père de la

fontaine? Vous n'êtes conseillers que
par l'élection du peuple. S'il n'a pas
le sens commun, comme vous pré-
tendez, il n'a donc pas bien choisi, et
cela n'est point à votre honneur.
Vous n'en pouvez dire de mal qui ne
tourne contre vous-mêmes, et, en
tous cas, vous ne pouvez être au-des-
sus de lui. La poire fait-elle reproche
au poirier? La pelle enseigne-t-elle
le forgeron?

Mais ils le laissaient dire, et con-
tinuaient du même train, ce qui commença de gâter les affaires à Bien-
Heureuse.

La seconde chose fâcheuse était
l'école. Elle était tenue, de père en
fils, depuis soixante ans, par la famille Lebonius; et, quand je dis

l'école, c'est que c'était tout un,
l'école des filles étant tenue, par madame et mesdemoiselles Lebonius,
tout à fait de la même manière.
C'était aussi l'aîné des fils Lebonius
qui était sous-maître.

Or le père, un excellent homme,
fort savant et qui portait des lu-
nettes, connaissait beaucoup, beaucoup mieux les Grecs et les Romains
que son propre temps. Il aimait à
dire des mots extraordinaires, au
point qu'on aurait cru quelquefois
qu'il parlait latin ; et il s'évertuait à
fourrer dans la tête de ses élèves des
choses que ceux-ci ne comprenaient
pas, ce qui les ennuyait et les dégoû-
tait d'apprendre. M. Lebonius se van-
tait d'enseigner comme avait fait son

père, et, ce qui est pis, comme un certain Aristote, qui vivait il y a 2,200 ans. Il se servait toujours des mêmes livres, et les faisait copier dans sa classe, parce qu'on n'en trouvait plus ailleurs. Enfin, son respect des anciens était au point qu'on l'entendait encore enseigner à ses élèves que les ânesses parlaient, que le soleil tournait autour de la terre, et autres sottises de ce genre. M. Lebonius était pourtant un homme d'esprit et un honnête homme ; mais, du moent que les anciens l'avaient dit et trouvé bon, c'était tout pour lui.

Il s'en suivait qu'on ne prisait pas beaucoup l'école à Bien-Heureuse, et que les parents y envoyaient leurs enfants plutôt par

gloriole, et pour pouvoir dire chacun
aussi bien que les autres :

— Oh! c'est qu'il sait bien lire,
mon fils, — ou ma fille, — et bien
écrire, et compter!

Mais cela fait, ou à peu près, on
retirait bientôt les enfants de l'école
pour les mettre au travail des champs,
disant qu'il ne fallait pas négliger
les choses utiles. Et véritablement,
on ne voyait pas que l'école en fût,
de ces choses-là, ou fort peu ; et ceux
dont les enfants refusaient d'étudier,
parceque le père Lebonius les ennuyait
trop avec ses grands mots, disaient :

— Bah! l'essentiel, c'est de savoir
manier la charrue, d'être bonne mé-
nagère ou bon agriculteur. Le reste,
on peut s'en passer.

Il y avait un jeune homme nommé Jacques Novelle, fils d'un cultivateur, mais qui avait beaucoup étudié, que le père Lavisé eût bien voulu mettre à la direction de l'école à la place de Lebonius. Ce jeune homme regrettait qu'on ne mît dans la tête des enfants que des sottises, ou des mots, quand on aurait pu leur apprendre tant de bonnes choses. Il disait que les mots tout seuls ne signifient rien, mais que l'idée est au contraire la plus utile chose qui soit au monde. Car, disait-il, c'est elle qui a donné à l'homme le moyen de cultiver la terre, de bâtir des maisons, de tisser des habits, de faire des routes, des canaux, des ponts, des bateaux, des moulins, des pelles, des pioches, des machines à battre le blé... ; c'est elle qui a mêlé le fumier à la terre pour la rendre plus féconde ; c'est elle qui a greffé l'arbre pour rendre le fruit meilleur ; c'est elle qui a trouvé que la chaux mêlée aux terres tourbeuses les rend plus fertiles, que la marne mêlée aux terrains lourds ameublit le sol.

C'est elle qui découvre encore, tous les jours, de nouvelles bonnes choses qu'il nous serait utile de connaître et que nous connaîtrions, si nous étions un peu plus savants, si nous savions lire et bien comprendre les livres où ça se trouve. C'est à l'idée que nous devons le pain, le beurre, le vin, le sel, le savon, l'huile et la chandelle, et le cuir et le fer et la poterie, et toutes ces choses dont nous ne pourrions plus nous passer. Il n'y a pas tant d'années qu'on était obligé de faire du feu péniblement avec un caillou, du fer et de l'amadou, et maintenant, grâce à ce que certains hommes lisent, étudient et songent, chacun a le feu à volonté, par un simple frottement.

Il n'y a pas longtemps que rien ne se vendait dans notre pays et que l'on tirait à peine trois cents francs d'un bœuf, qui rapporte maintenant, haut la main, huit cents francs. Nos ménagères vendent à présent moitié plus cher leurs œufs, leur beurre, leurs volailles, et pourquoi cela? Parce qu'aujourd'hui nous ne sommes plus qu'à deux heures de la ville, quand autrefois il fallait une journée pour y charrier nos provisions, et parce que nous sommes à une journée seulement de plus grandes villes, où nos denrées autrefois n'allaient pas du tout. Or, qu'est-ce qui a fait les chemins de fer? C'est l'idée, c'est la science, et elle en fera bien d'autres, pour notre bonheur à tous.

Quand Jacques parlait ainsi devant un autre habitant de la commune, Pingrelet, celui-ci se mettait à ricaner ; car il était de ceux qui soutiennent qu'il n'y a rien d'utile que de s'enrichir, n'importe comment, et que tout le reste ne compte pas.

— Comme on voit un peu partout des gens qui ressemblent à Pin-

grelet, je vais vous faire son portrait, dans l'idée que vous pourriez le
connaître.

C'était le fils d'un simple journa-
lier, lequel, à force de se tuer d'ouvrage, avait laissé quelque argent.
Pingrelet, au lieu d'en acheter de la
terre, se mit à le prêter çà et là, sur
bonne hypothèque, à des gens pares-
seux et bambocheurs, ou embarrassés
dans leurs affaires, comme il s'en voit
partout, même à Bien-Heureuse.

Les uns lui rendirent son argent,
augmenté de gros intérêts ; les autres, ceux qui ne purent le lui rendre,
furent obligés de lui céder leurs biens.
C'est par ce moyen qu'il devint riche,
et, d'autre part, en épousant une
femme laide, infirme et méchante,

parce qu'elle avait des terres, dont il se fit faire donation par contrat. Elle mourut peu d'années après, et Pingrelet, alors, prit une jeune et jolie femme, qui n'était point pauvre pour cela. En sorte qu'il était le plus riche de la commune, après M. Legros, le propriétaire du château. Il n'en était pas peu fier, et ne parlait que de ses terres, de ses bestiaux, de ses fermes, qui pourtant n'étaient pas ce qu'il y avait de plus beau ni de mieux tenu dans le pays ; car Pingrelet n'était pas fort à la culture, et avait toujours peur de trop donner à la terre, soit en fumier, soit en amendements, soit en façons.

Or, la terre n'est généreuse qu'avec ceux qui le sont pour elle, et elle fait

bien. Pingrelet, donc, était à la fois
avaricieux comme un cancre, et or-
gueilleux comme un paon ; il mépri-
sait tous ceux qui n'étaient pas riches, et ne voyait d'autre mérite
sur la terre que celui d'avoir fait
fortune. Comme il portait maintenant des habits de drap, il ne regardait plus ceux de ses parents, ou de
ses anciens amis, qui portaient la
blouse, et il s'était fait des connais-
sances, dont il parlait à tous propos,
parmi les gens huppés du royaume
voisin.

— Eh! eh! répondait-il à Jacques
en ricanant, qu'est-ce que ça prouve
qu'il y ait des savants, et même des
maîtres d'école? C'est bon pour les
gens qui gagnent leur vie à ça, car

tout le monde ne sait pas s'enrichir ; mais on se passe fort bien d'être savant.

— Il n'est pas donné à tout le monde d'être savant, en effet, reprit Jacques, puisque les savants passent leur vie entière à étudier ; mais il serait utile à chacun de savoir, tant ce qui concerne son état particulier que son état de personne humaine, c'est-à-dire son devoir et son intérêt en toutes choses ; d'autant mieux que plus on s'instruit et plus on devient habile à tout ce qu'on fait ; car cela augmente le savoir-faire et étend l'esprit.

— Ta, ta, ta, dit Pingrelet, je n'ai jamais appris à lire, et je sais à peine signer mon nom ; ça ne m'a pas empêché de m'enrichir, et je connais des gens beaux parleurs et beaux diseurs, qui n'en savent pas faire autant.

— C'est peut-être qu'ils n'ont pas essayé, monsieur Deschamps (1), répondait Jacques d'un air triste, et il s'en allait sans plus répliquer aux gouailleries de Pingrelet, qui haussait les épaules et disait de lui : « C'est une mauvaise tête, un garçon qui a des idées à lui tout seul! »

C'était vrai, cela. Jacques avait des idées qui n'étaient pas celles de tout le monde; mais ce n'est pas à dire qu'il avait tort. Il fallait l'entendre; c'était un garçon qui parlait bien et savait trouver de bonnes raisons. Mais il ne disputait jamais

(1) C'était le vrai nom de Pingrelet.

avec Pingrelet, bien que celui-ci ne se gênât point de le contrarier à tout propos. — Et pourquoi cela? Est-ce que Jacques était de ces gens plats ou timides qui ne disent jamais non aux riches et aux puissants? — Pas du tout. Il avait son franc-parler avec tout le monde, excepté avec Pingrelet. Pingrelet avait beau être bête ; Pingrelet avait beau être méchant ; Pingrelet avait beau dire de ces choses qui eussent mérité des gifles, ou tout au moins une bonne réprimande, Jacques ne cessait jamais d'être doux et respectueux à son égard.

Ce garçon-là était-il donc si original que de trouver Pingrelet aimable et de l'adorer?—Non point. Mais il y

avait chez Pingrelet une autre personne que lui, un autre caractère que
e sien et une autre mine que la sienne;
t de cette personne, de ce caractère
t de ce minois, le pauvre Jacques
tait amoureux.

Il n'avait pas mal choisi, car c'é-
it une aimable et jolie fille. Elle ne
essemblait pas du tout à son père,
ais beaucoup à sa mère, une bonne
t aimable femme aussi, quoique un
eu dolente — mais elle avait bien de
uoi. — Francette (elle s'appelait
rançoise sur les registres de l'état
ivil; mais sa mère, à la dorloter, lui
vait fignolé son nom comme cela),
rancette avait autant de simplicité,
e douceur et de tendresse d'âme, que
on père avait de dureté. On sentait

cela rien qu'à la voir ; car ses beaux
yeux, clairs comme eau de roche, et
doux jusque dans le noir de leurs pru-
nelles, étaient parlants, et c'était
comme s'ils eussent dit : — Je voudrais être heureuse et bien faire, —
désir tout à la fois bien honnête et bien
naturel ; mais, quoique Francette fût
riche, fille unique, bien douée de nature, et ainsi possédant en apparence
tout ce qu'il faut au bonheur, les gens
sages disaient qu'elle eût été plus heureuse d'être née pauvre, car elle était
menacée du plus grand malheur qui
puisse arriver à une femme, celui d'a-
voir un mauvais mari. Et vraiment,
c'est une chose étrange de voir souvent
sur ce point les parents comprendre
si mal l'intérêt de leurs enfants.

Pingrelet voulait marier sa fille au garçon le moins sage et le moins bon de tout le village,—mais c'en était le plus riche. On l'appelait Trop-d'Un, drôle de nom, mais qu'ils portaien tous les uns après les autres, dans cette famille, parce que, depuis plusieurs générations, il n'y avait jamais qu'un fils unique, et que ces gens-là étaient égoïstes et durs. Le nom véritable était Grosgain. Grosgain le père était un homme large et ventru, plus tranquille pourtant et moins affollé de sa richesse que Pingrelet, parce qu'il l'avait reçue de son père ; mais ne demandant pas mieux que de l'augmenter, et faisant beaucoup de commerce en grains et bestiaux avec le royaume, où il trouvait que tout

allait pour le mieux, parce qu'il y
avait pour lui beaucoup d'argent à
gagner.

Grosgain et Pingrelet étaient du
Conseil communal. On les avait nom-
més seulement à cause de leur richesse, et maintenant si les gens de
Bien-Heureuse n'étaient pas contents
de leurs élus, ils ne l'avaient pas volé,
comme on dit. Car ils eussent bien dû
savoir que la richesse, si elle n'empêche pas l'honnêteté et l'intelli-
gence, ne les garantit pas non plus.
Il faut choisir les gens pour leurs qua-
lités d'esprit et de conscience, et non
pas pour leur fortune.

Pour en revenir à Francette, elle
avait refusé d'épouser Trop-d'Un ;
mais le père tenait à son idée, et tour-

mentait sa fille, tant que la pauvre
enfant en avait la vie triste à la maison. Beaucoup prétendaient qu'elle
aimait Jacques, bien que, sans doute,
elle n'en eût informé personne ; mais
j'ai dit que ses yeux étaient parlants.
Ceux de Jacques ne l'étaient guère
moins, et quand ils se trouvaient en
présence l'un de l'autre, si peu qu'ils
osassent se regarder, il ne fallait pas
être bien malin pour voir que ce qui
brillait dans ces deux paires d'yeux
et en coulait des paupières baissées,
comme le filet coule' d'une source,
ou le rayon du soleil, c'était de l'a-
mour. Mais il n'y avait apparence
que jamais ils pussent être heureux.
A Bien-Heureuse, on regardait moins
qu'ailleurs à l'argent pour les maria-

ges; les parents disant aux jeunes
gens en pareil cas :— C'est votre affaire; et encore :—Etre content c'est
le premier bien. Mais Pingrelet n'entendait pas de cette oreille, et surtout
depuis qu'il était allé à la cour, il
voulait absolument, pour son gendre,
un garçon qui eût un gros bien.

Comme d'ordinaire, on nomma,
cette année-là deux jeunes gens pour
aller porter au roi l'oie et le bouquet,
et, comme on sut d'avance que les
filles voulaient nommer Francette,
les jeunes gens, tant par malice contre Pingrelet, que par amitié pour
ces amoureux, nommèrent Jacques.
Francette et Jacques devaient donc
aller tous les deux ensemble chez le
roi.

Difficile de peindre la colère de Pingrelet. Il devint blanc, puis rouge, puis jaune. Il jura, sacra, trépigna, montra le poing, et fit une scène épouvantable à sa femme et à sa fille, qui pourtant n'y pouvaient rien; car il n'y avait pas d'exemple qu'on eût jamais refusé pareil honneur ; c'eût été faire insulte à toute la commune. Il prit le parti de suivre sa fille, disant bien haut qu'il avait affaire à la cour, et, emmenant avec lui Trop-d'Un, ils montèrent dans le même wagon que Jacques et Francette.

Cela fit que nos amoureux n'eurent pas le loisir d'échanger beaucoup de paroles, eux qui auraient été si heureux de causer doucement ensemble tout le jour; car le voyage était de huit heures d'horloge pour aller à la capitale du roi.

Quand ils furent arrivés, et marchèrent en se donnant le bras, lui chargé de son oie, elle de son bouquet, vers le palais, et toujours suivis de près par Pingrelet et Trop-d'Un, ils remarquèrent avec surprise le grand nombre de soldats qu'il y avait par la ville. Au palais, c'était encore pis, on ne voyait que cela.

— Est-ce donc qu'ils sont en guerre ? demanda Francette.

— Non, répondit Jacques ; c'est pour garder le roi, la reine, les princes et princesses.

— Et pourquoi les garder ? Est-ce que le peuple ne les aime pas ? J'ai vu dans la *Gazette* que le roi se félicitait de l'amour de son peuple.

— C'est pour les gens du loin qu'il dit cela, reprit Jacques ; mais il est assez clair qu'il ne s'y fie pas.

A la grand'porte du palais, ils furent arrêtés par un poste qui demandait les papiers.

— Ah! vous êtes les jeunes gens de Malenpis, avec le bouquet et l'oie? Fort bien, passez.

Ils passèrent ; mais derrière eux furent arrêtés Trop-d'Un et Pingrelet, parce qu'ils n'étaient pas de la députation. Pingrelet eut beau crier : je suis monsieur Des Champs de Bien-Heureuse ; je connais le comte des Trois-Quartiers, le marquis de la Filasse... et autres grands noms, on ne voulut rien entendre, et Jacques et Francette durent les laisser là.

Comme ils traversaient tout seuls un grand vestibule, Jacques profita de l'occasion, et serrant doucement le bras de sa compagne :

— Ah! Francette, lui dit-il, est-ce que jamais vous épouserez Trop-d'Un?

— Jamais! lui répondit-elle en rougissant.

— Que je serais heureux, poursuivit-il, si vous étiez la plus pauvre fille de Bien-Heureuse!

— Et moi aussi, dit-elle, en baissant les yeux, je voudrais l'être, Jacques, à cause de vous.

Ils en étaient là de leur conversation, ne sachant plus trop ce qu'ils faisaient, quand un jurement effroyable leur partit dans les oreilles :

— Mort et damnation! mille tonnerres et cent ouragans! ne pourriez-vous pas marcher par terre ? Savez-vous ce qu'on gagne à marcher sur les pieds du général Rrran de Craquenboum ?

Francette fit un cri et devint toute pâle, en voyant devant elle un gros homme, habillé de toutes sortes de couleurs, et avec un grand panache sur la tête, rouge lui-même comme un paquet de coquelicots, et qui tirait un grand sabre du fourreau. Ce personnage était assis là dans un grand fauteuil, près d'une porte garnie de grands rideaux, les pieds allongés sans doute, et les deux amoureux, qui avaient perdu la tête, étaient allés donner droit sur ces grands pieds.

Ils s'excusèrent de leur mieux, expliquèrent la mission dont ils étaient chargés, et quoique toujours grondant, le général Rrran de Craquenboum voulut bien ne pas les couper en quatre. Mais il appela deux soldats et deux femmes de chambre, pour qu'on s'assurât que Jacques et Francette n'avaient pas d'armes cachées, et ce ne fut qu'après toutes ces précautions que les jeunes gens furent admis en présence de Sa Majesté.

Là, ils furent très-bien accueillis. Sa Majesté daigna louer la beauté des roses et la fraîcheur de Francette, et la reine fit compliment à Jacques de la grosseur des oies de Malenpis. Il y avait là des femmes en grande

toilette et des hommes à panaches et
à cordons, qui paraissaient beaucoup
s'ennuyer, et qui prirent plaisir à exa-
miner le costume des deux villageois
et à les interroger. Les hommes trouvaient Francette charmante, et il est
certain que la fille de Pingrelet éclip-
sait par sa gentillesse toutes les dames
de la cour. Elle était d'ailleurs fort
bien parée : son habillement était d'un
fin cachemire bleu, garni d'un velours
noir, large comme la main ; elle avait
un beau fichu de fine dentelle et un
tout petit bonnet, de dentelle aussi,
avec une rose et des bleuets sur ses
cheveux blonds ; de plus, une chaîne
d'or au cou et un tablier de belle soie
noire, avec des rubans presque aussi
larges que le tablier. Pour la toilette

de sa fille, la vanité de Pingrelet était plus forte que sa ladrerie. Le prince, fils du roi, regarda Francette avec admiration, et les courtisans ne manquèrent pas de s'en apercevoir.

On donna aux jeunes gens, comme c'était l'usage, un logement dans le palais. A peine étaient-ils arrivés au seuil de leurs chambres que le prince se présenta pour parler à la belle Francette. Mais elle ne voulut le recevoir qu'en présence de Jacques, et celui-ci, avec toute la politesse imaginable, mais très-fermement, soutint son droit de ne point abandonner sa payse. Le prince n'était pas content, quand arrivèrent Pingrelet et son futur gendre, qui avaient enfin obtenu l'entrée du palais. Alors le pauvre Jacques n'eut qu'à s'en aller.

- Quelle fut au juste la conversation qui se tint entre le prince, Pingrelet, Trop-d'Un et Francette, on ne le sut que par tout ceci :

D'abord, Pingrelet revint à Bien-Heureuse, portant sur sa poitrine, si gonflée d'orgueil qu'il en soufflait comme un veau, la croix de l'Oison-d'Or ; tandis que Trop-d'Un portait à la boutonnière le ruban du Coucou-Royal.

Francette était douce et simple comme à l'ordinaire, même un peu plus gaie, car elle apportait des rubans, des bagues et des colliers pour toutes les filles du pays. Ce fut une fête que la distribution ! En voyant éclater ces jolies couleurs, ces brillants bijoux, pas une qui, battant des mains, ne déclarât que le prince Parfait, fils du roi Bombance, était un prince charmant.

Et ce ne fut pas tout : distribution de dragées et de pralines aux enfants de Bien-Heureuse, faite de la part du prince par Trop-d'Un. Les enfants crièrent : Vive le prince Parfait ! et les mamans dirent :— Ce prince est assurément un homme de cœur.

Enfin le prince fit don à l'asile des vieillards et des orphelins de jeux fort intéressants récemment inventés dans le royaume, et de 50 *bombances* d'or, qui représentaient mille francs.

De telle sorte que, dans tout le village de Bien-Heureuse, et de même dans tous les hameaux environnants,

on n'entendit retentir que les louanges du prince Parfait ; et comme on
ne savait plus guère dans cette pai-
sible commune ce que c'était que roi
ni royaume, les uns demandaient aux
autres : — Comment ce généreux
prince a-t-il tant d'argent? On doit
être bien heureux dans son pays!

De pareilles questions furent adres-
sées au savant M. Lebonius ; mais il
haussa les épaules, disant qu'il n'en
savait absolument rien, et ne s'était
jamais occupé de ce royaume, parce
qu'il était trop proche pour cela.

Alors on supposa, et bientôt il fut
donné comme certain, que les rois
voisins possédaient des mines iné-
puisables remplies de pièces d'or,
et que les cailloux de ce pays n'étaient

autres que des dragées. C'était un peu
la faute de M. Lebonius, si les gens de
Bien-Heureuse ne connaissaient pas
mieux les choses de la nature ; car il
s'abstenait soigneusement de leur en
parler, par cette même raison que
c'était trop proche et trop commun.

Il leur fit cependant un discours à
ce sujet sur le désintéressement des
richesses, et leur cita l'exemple d'un
certain Hippocrate, qui refusa les
présents du roi Artaxercès. Mais ils
trouvèrent seulement qu'Hippocrate
était fort sot. Car enfin, pourquoi ne
pas les avoir acceptés ? M. Lebonius
ne le disait pas.

Parmi ces gens simples, il y en
avait un, dont j'ai déjà parlé, qui
se demandait moins sottement :

— Qu'est-ce que ce prince peut bien nous vouloir ? ou plutôt vouloir de nous ?

C'était le père Lavisé. Il était de ceux qui aiment à savoir le fin fond des choses et ne se payent pas de raisons en l'air. Il ne savait rien de rien en dehors de son métier de cultivateur ; car le défunt père du Lebonius actuel ne lui avait également cassé la tête que d'ânesses qui parlaient, de corbeaux qui portaient des provisions, de soleils qui tournaient autour des planètes, de mers qui se dressaient droites en l'air, et de massacres pour le bon motif, toutes choses de quoi il hochait la tête, ayant l'air de fort s'en méfier. Il ne savait rien, mais il eût beaucoup voulu savoir ; et du

moins ce qui passait à portée de ses
yeux, qui étaient bons, il le considé-
rait avec attention, et le retournait
en tous sens dans son esprit, jusqu'à
ce qu'il en eût trouvé le fin mot. On
savait cela, et c'était un de ceux qui
le plus souvent, dans la commune,
étaient choisis pour arbitres. Enfin,
comme nous l'avons dit, c'était le seul
homme de bon sens du Conseil municipal. A la séance de ce Conseil,
qui suivit le voyage chez le roi Bombance et les présents du prince Parfait, Pingrelet prit la parole :

— Chers concitoyens, dit-il, — Et
pour ne pas vous surprendre, je vous
dirai tout de suite qu'il lisait cela sur
un papier, l'ayant à peu près copié
dans un discours des ministres du

royaume, — il est temps de réparer
une déplorable injustice, qui ferait de
notre commune de Bien-Heureuse la
risée de tous les États civilisés ; je
veux parler de la clause inhospita-
lière, inhumaine, odieuse, barbare,
impolie, sauvage, outrageante, cou-
pable, et, j'ose le dire, fâcheuse...

Ici Pingrelet s'arrêta, parce qu'il
avait sauté une ligne, et les conseillers effarés se demandèrent les uns
aux autres :

— Qu'est-ce qu'il y a? qu'est-il
arrivé?

Pingrelet reprit :

— Je veux dire cette loi qui in-
terdit aux têtes couronnées de fouler le sol de notre patrie, et qui
prescrit à la plus douce et à la plus

belle moitié du genre humain, à nos femmes, à nos filles, au mépris de la décence et de la commisération qui distinguent leur sexe, de se faire les exécutrices d'un traitement vil et ignominieux...

— Est-ce qu'il parle allemand? demanda l'un des conseillers, Claude Pataud, surnommé Gobe-La, en se penchant à l'oreille de Lavisé.

— C'est la langue des hommes du gouvernement, mon vieux, répondit Lavisé, qu'il a apprise à la capitale du roi Bombance, et ça s'appelle parler pour ne rien dire. Laisse-moi revoir les comptes de l'école ; quand il aura fini, j'écouterai.

— Quoi, mes chers concitoyens, continuait Pingrelet, c'est vous, com-

blés des bienfaits de ce digne et aimable prince Parfait, qui ne cesse de
compter ses jours par des actes de
vertu et de munificence, qui font ché-
rir son nom partout où on ne le con-
naît pas, c'est nous qui pousserions
la noire ingratitude, jusqu'à menacer
son dos royal, et la partie également
auguste qui le suit, de ces indignes
faisceaux qu'on nomme, je rougis de
prononcer leur nom, des balais!... Ah
messieurs! hâtons-nous d'effacer une
loi, monument de barbarie démago-
gique, qui rappelle les plus mauvais
jours de notre histoire, et devant la-
quelle les bases de la société se sen-
tiraient plus que jamais ébranlées.
Des passions aveugles et coupables,
des idées révolutionnaires, qui désho-

norent les Conseils communaux et
les font courir aux catastrophes, qui
emportent leur renommée en même
temps que les sociétés qu'ils défen-
dent, peuvent seules avoir inspiré une
si regrettable mesure. Croyez-moi, si
nous ne nous hâtons de revenir aux
saines doctrines, les lois organiques
et fondamentales disparaîtront avec
la société meurtrie par tant de bles-
sures, dans ces grands assauts; nous
irons de faiblesse en faiblesse et de
chute en chute, et, quant à moi, je
périrai plutôt, le drapeau de Bombance en mains, au pied du rempart,
d'une mort glorieuse, dont je ne
manquerais pas de me relever un
jour...

Pingrelet s'arrêta, et Gobe-La

laissa échapper un gémissement plaintif qui réveilla en sursaut la moitié des conseillers, et provoqua chez l'autre un frémissement nerveux.

— Brrr! fit l'assemblée, en place d'applaudissements.

— Je ne sais pas ce que c'est, concitoyen Pingrelet, s'écria Gobe-La : mais du moins, c'est fameusement beau, et si vous aviez continué comme ça encore cinq minutes, je me serais mis à hurler comme un chien qui entend de la musique ; car, vrai, j'en avais les nerfs tout agacés. Alors donc, je suis de votre avis. Faites-moi seulement l'amitié de me dire ce que vous demandez.

— Si j'ai bien entendu, observa le

président, il était question des femmes. Mais que voulez-vous que nous y fassions ?

— Eh non, dit un autre, c'est de quelque chose qu'on a fait au prince Parfait ; mais le diable m'emporte si je sais en quoi cela nous regarde.

— Notre honorable confrère Pingrelet, dit alors M. Legros, le propriétaire du château, nous propose l'abolition de la loi qui défend à tout roi, empereur ou prince l'entrée de la commune. J'ai l'honneur de connaître le prince Parfait qui, de même que tous les princes, surtout quand ils n'ont pas encore régné, est doué des plus grandes vertus, et j'appuie la proposition.

Les conseillers se grattèrent la

tête. Ils ne s'étaient pas encore avisés
d'avoir une opinion là-dessus ; mais
il s'agissait d'une chose inscrite dans
les chartes ; ils sentaient que c'était
grave ; en même temps, le souvenir
des dragées, des rubans et des bombances d'or sollicitait leur cœur ; ils
étaient bien embarrassés.

— Voisins et confrères, dit Lavisé, je n'ai point le cœur plus dur
qu'un autre, et quiconque, vous le
savez, frappe à ma porte, est assuré
d'être bien reçu. Toutefois, je me demande en quoi ce prince Parfait, qui
a des milliers de lieues à faire en long
et en large dans son royaume, a si
grand besoin de venir chez nous? Il
n'a ici rien à voir qui ne soit chez
lui. Veaux, moutons, bœufs, volailles,

prés, moissons et vignes, sont choses
que l'on trouve partout ; et s'il aime
tant à donner, il paraît que dans son
royaume il ne manque pas de misères
que nous n'avons point ici. Nos pères,
en mettant les princes à la porte de
la commune, ont eu leurs raisons ; et
il faut croire qu'elles n'étaient pas si
mauvaises, puisque, libres de deman-
der, tant au roi qu'à l'empereur, ce
qui pouvait leur sembler le plus pré-
cieux, ils n'ont rien souhaité que de
n'avoir plus affaire à ces personnages.
Vous me direz que nos pères ont pu
penser d'une manière, sans que cela
nous empêche de penser différem-
ment. J'en conviens ; mais je crois
aussi qu'avant de défaire ce qu'ils ont
fait, il faudrait prendre deux précau-

tions nécessaires : premièrement, savoir pourquoi ils l'ont fait, et secondement, pour quelles raisons nous le déferions. Puis avant tout ça, il y a le compte de nos finances, qui me paraît plus pressé.

L'avis était sage ; mais il y a chez l'homme deux passions qui ne le sont guère : la curiosité et l'avidité. Dans la commune de Bien-Heureuse, tout le monde mourait d'envie de voir le prince Parfait, précisément parce qu'on n'avait jamais vu de prince ; pour savoir ce que c'était. Les filles ne doutaient pas que ce ne fût un jeune homme d'une beauté extraordinaire ; les jeunes gens pensaient trouver en lui un modèle de belles manières et d'esprit, qui leur appren-

drait de nouvelles façons de vivre et
de s'amuser ; les enfants l'avaient
surnommé le prince Bonbon, ce qui
indique assez leur opinion sur son
compte ; les pères et mères enfin
n'étaient pas moins curieux que les
enfants, et chacun se disait à part
soi :

— Puisque ce prince est si riche
et si généreux, nous ne pouvons que
tirer bénéfice de sa présence chez
nous.

D'autre part, comme ceux qui
avaient fait les chartes étaient morts
depuis cent ans, il n'était pas facile
de savoir d'eux les raisons qu'ils
avaient eues de chasser les gens
couronnés. On aurait pu du moins,
comme le proposait Lavisé, envoyer

deux ou trois des plus fins de la commune savoir un peu ce qui se passait
dans le royaume, et si vraiment
les gens étaient si contents de ceux
qui les gouvernaient. Mais quoi! Tout
le monde était fou de voir le prince
et ne pensait qu'à cela. Le Conseil
communal, réuni quelques jours après
en séance extraordinaire, vota donc
l'abolition de la clause impertinente
à l'égard des Majestés. M. Legros
fut chargé de transmettre au prince
l'invitation de la commune; tout le
monde se réjouit dans l'attente, et le
père Lebonius se mit à feuilleter ses
anciens livres pour composer un discours de réception digne d'un monarque.

Il vint, ce grand jour, et l'on vit

paraître le prince monté sur un
cheval blanc. Il avait un habit si
brodé d'or, un chapeau à si grand
panache, et un air si fier, qu'on le
trouva beau malgré tout, bien qu'il y
eût un peu de surprise. Les uns
l'avaient cru plus grand, les autres
plus gros ; ceux-ci, fait tout autrement, et enfin, pour tout dire, on
trouvait qu'il ressemblait trop à un
autre homme. Sur quoi, Lavisé se
mit à rire.

— Eh! dit-il, comment vouliez-
vous qu'il fût? Il n'y a pas deux
manières de faire un homme ; les
princes viennent au monde tout pa-
reillement à nous, et sont bâtis tout
de même. Aussi, me suis-je souvent
demandé pourquoi ils commandent

aux autres ; car enfin l'étoffe de leur cervelle est de même tissu que la nôtre, et il n'est pas raisonnable de penser qu'une seule tête puisse avoir à elle seule plus de bon sens que tout le monde.

Mais Lavisé parlait tout seul, car les gens couraient à la suite du prince, et toutes les têtes étaient sens dessus dessous. Il y eut un bal le soir même dans les salons du château, où toute la jeunesse de la commune fut invitée. Violons, cornets à piston, flûtes, basses, orchestre enragé, comme jamais on n'en avait entendu ; rafraîchissements et gâteaux ; lumières et lampions, à y voir comme en plein jour... C'était superbe ! Et le prince voulut bien danser avec les plus jolies filles, qui en furent si fières qu'elles ne parlaient plus que de lui.

Il n'échappa cependant à personne qu'il avait dansé avec Francette plus qu'avec les autres et la regardait beaucoup.

— Prends garde à ta promise? disait-on à Trop-d'Un.

— Est-ce que les princes épousent encore des bergères? se demandait plus d'une fillette en consultant son miroir.

Un malheur cependant attrista la fête : maître Lebonius eut une attaque d'apoplexie au moment où il ouvrait la bouche pour prononcer son discours, tant l'idée de parler à une tête couronnée l'avait impressionné.

A dater de ce jour, il fallut pourvoir
à l'école, et Lavisé fit tant que Jacques fut nommé. Le lendemain de son
arrivée, le prince invita les jeunes
gens de Bien-Heureuse à la chasse,
dans une forêt de son royaume qui
n'était qu'à deux lieues de là. On força
le cerf et le sanglier ; on mangea nombre de pâtés, et l'on déboucha force
bouteilles. Ils en revinrent enchantés.

Le dimanche suivant, des tables
garnies de verres furent dressées sur
la place publique, et plusieurs barri-
ques de vin y furent amenées, dont
chacun put à son gré tourner les ro-
binets. Le prince y vint aussi, rem-
plit son verre et but à la santé de la
commune. Ce furent des vivats à n'en
plus finir. On but tout le jour à tire-

larigot. Puisque ce bon vin ne coû-
tait rien, ça n'était pas la peine de
s'en priver, n'est-ce pas? Il y avait
surtout le père Boissansoif et le fai-
néant Grouillard, qui ne se possédaient plus d'enthousiasme. Boissansoif monta sur la table et s'écria :

— Messieurs, mesdames et la compagnie... ie....

On l'écouta.

— Le prince Parfait est un grand
prince, vive le r....

Il voulait en dire plus long; mais
en levant les bras, il perdit l'équili-
bre et roula sous la table, d'où on le
retira le soir, ivre-mort. D'autres que
lui, — il m'en coûte de le rapporter,
mais quand on raconte, il faut tout
dire, — d'autres que lui en firent au-

tant, et le soir la grande place de Bien-Heureuse présentait un spectacle qui n'était sans doute pas du goût du père Lavisé, car il ne voulut pas seulement boire un doigt de vin, et s'en alla tout triste disant:

— Hélas! ces gens-là perdront âmes et corps, et biens, et tout!...

C'était fini; toutes les têtes étaient parties, et l'on n'entendait plus, dans toutes les bouches, que le nom du prince. Les filles ne rêvaient plus que de bals, les garçons que de chasse, les hommes que de bombance, et les mères que de voir leurs filles devenir reines, et leurs garçons généraux. Car le prince Parfait n'était pas venu tout seul, j'oubliais de vous le dire. Il y avait avec lui le général Rrran de

Craquenboum, le même sur les pieds duquel avaient marché Jacques et Francette, et qui était si flambant dans son harnachement de guerre, qu'il excita beaucoup d'admiration ; puis le lieutenant Panachon, le secrétaire Platin, le chambellan Baisetout, l'intendant Filouton, et plusieurs valets. Il y avait encore dans la suite du prince deux ou trois messieurs sans fonction bien déterminée : un ouvrier aux mains blanches, Mouchon ; un artiste mal élevé, M. Limier ; un commerçant dépourvu de marchandises, Fouinard. Et tout ce monde-là chantait les louanges du prince, et en racontait des traits de bonté, de grandeur, de générosité, de bravoure, tels que les larmes en venaient aux

yeux ! Ils disaient aussi que dans le
royaume du roi Bombance tout le
monde était heureux ; que les moissons y étaient plus belles et les
trèfles plus fournis que dans les communes sans roi ; il y tombait quelquefois de la grêle, mais si rarement, que
ce n'était que pour donner à la grande
bienfaisance du monarque et de la
reine son épouse, et du prince leur
fils, et de la princesse leur fille, l'occasion de s'exercer, puisque dans ces
cas-là ils remboursaient aux gens
plus que la récolte n'aurait produit,
et les mettaient à l'aise pour le reste
de leurs jours. Il suffisait que cette
illustre famille mît le pied quelque
part pour que tout y devînt prospère,
car la Providence bénissait leurs

efforts constants, et les chérissait comme la prunelle de ses yeux.

Que vous dirai-je ? Il n'y avait pas un mois que le prince Parfait était à Bien-Heureuse, qu'il s'y était formé un gros parti pour la réunion de la commune au royaume. Et d'autant plus on le désirait, que les gens, s'étant fort relâchés du travail pendant ce mois-là, comptaient sur la chose pour rétablir leurs affaires, et réaliser toutes leurs imaginations. En outre, beaucoup disaient :

— Ça nous débarrassera de notre Conseil municipal, qui ne veut pas s'en aller.

Ah ! pauvre père Lavisé ! Il se dépitait, se fâchait tout rouge, se faisait une bile !...

— Eh! bonnes gens, s'écriait-il, quoi! vous êtes libres, et vous voulez prendre un maître! Comment pouvez-vous être si fous que de vous fier pour vos intérêts à un étranger plus qu'à vous-mêmes?

Il y avait encore dans la commune une autre personne qui parlait comme lui, c'était la mère Bonsens, la directrice de l'asile des vieillards et des orphelins. Elle qui connaissait son monde et qui était une maîtresse femme, elle haussait les épaules et disait aux gens :

— Vrai! c'est pitié de voir le peu de place que tient le sens commun dans la cervelle humaine! Les hommes sont plus bêtes que les animaux, car il n'est pas un de ceux-ci qui tende le dos au bâton, et ne veuille, quand il peut, se conduire à son idée. Allez, allez! commandez chacun votre bât.

Mais ni l'un ni l'autre n'était écouté, non plus que Jacques, lequel disait la même chose, ou à peu près; et l'on entendait, le soir, au son des violons ou des musettes, filles et garçons dansant, bambocheurs trinquant, chanter ou hurler de leurs voix claires ou avinées : Vive le roi Bombance! Vive le roi!...

Si bien qu'un jour tout le peuple de la commune fut convoqué par le Conseil municipal sur la place publique, afin de savoir si l'on voterait la réunion de la commune au royaume voisin. Des fermes et hameaux envi-

ronnants, comme de tout le village,
le peuple était accouru en foule. On
avait établi, sur la grande place, une
sorte de tribune ou théâtre, sur lequel
montaient par une échelle, afin d'être
mieux vus et entendus, ceux qui voulaient parler à tout le monde ; et dès
que la place fut remplie, à rangs
serrés, comme qui dirait une caque de
harengs, on vit paraître là-dessus
Pingrelet. Il avait mis sa grande
croix de l'Oison-d'Or, et, avec un air
plus superbe et plus triomphant qu'à
l'ordinaire, il parla ainsi :

— Mes chers concitoyens, jusqu'ici nous avons vécu dans une
ignorance trompeuse des vraies con-
ditions du bonheur. Nous nous
croyions heureux, nous ne l'étions

pas ; nous nous croyions sages, nous
étions aveugles. Éclairés par les simples lumières de l'instinct, nous nous
imaginions tout bonnement qu'il
était dans l'ordre de la nature que
chacun se servît de ses yeux pour
voir, de son cerveau pour vouloir, et
de sa liberté pour agir, comme on se
sert de son estomac pour digérer.
Mais ceci, mes concitoyens, est d'une
simplicité trop indigne des hautes
pensées et des vastes combinaisons
qui distinguent notre espèce entre
toutes. Nous sommes trop intelligents pour en rester là.

Une vérité autrement compliquée,
autrement ingénieuse, nous a été révélée par la gracieuse présence, au
milieu de nous, d'un de ces hommes

que la Providence a spécialement
marqués du doigt pour faire le bonheur des autres hommes, comme le
démontre suffisamment la sagesse
qui rayonne par les broderies d'or de
son habit et les plumes de son panache, et dont nos yeux sont tout
éblouis.

C'est lui, ô mes concitoyens,
ou plutôt son auguste père, encore
plus particulièrement marqué du
doigt de la Providence, tant qu'il
sera sur le trône ; c'est lui, ce sont
eux, que nous devons charger de
voir, de vouloir, de digérer et d'agir
pour nous. De cette façon-là, nous
n'aurons plus à nous occuper de rien,
et, désormais, l'âge d'or régnera sur
la terre ; et ce sera l'ordre le plus ad-

mirable, car tout ira par le même commandement et se trouvera réduit à la capacité d'un seul homme.

Un mot encore, chers concitoyens. C'est pour ne pas vous parler des bienfaits que nous sommes appelés à recevoir de l'illustre famille qui veillera sur nos destinées. Ce que nous avons vu, ce que nous avons reçu jusqu'ici n'est qu'un avant-goût des biens qui nous attendent. Mais ces motifs sont indignes de nous occuper, et c'est pourquoi je vous les ai gardés pour la fin ; car c'est par le pur et seul amour de la vertu, de l'ordre et des bons principes que je vous propose, et que vous allez accepter Sa gracieuse Majesté le roi Bombance et son illustre famille, à perpétuité pour nos légitimes et bienheureux souverains.

Des cris enthousiastes répondirent à ce discours.

— Oui! oui! Vive le roi Bombance! Vive le prince Parfait! Vive la famille royale! Et qu'ils nous gouvernent à perpétuité !

Il y avait bien la mère Bonsens qui gesticulait et criait : Vous êtes des imbéciles! — le père Lavisé qui se prenait la tête à deux mains ; — Jacques qui murmurait tout pâle : Ils sont devenus fous ; — et bien d'autres, disons-le, qui haussaient les épaules et n'étaient pas contents. Mais le plus grand nombre était pour la royauté.

Cependant Lavisé demanda la

parole ; mais avant lui Pataud, surnommé Gobe-La, monta à l'échelle
tout d'un temps, comme eût fait un
écureuil, et, après un grand saut en
l'air, tant il était transporté, il
s'écria :

— Oui, vive le roi Bombance à
perpétuité! il veut faire notre bonheur ; est-ce que nous pourrions vouloir l'en empêcher? Ça serait trop
bête! Moi, voyez-vous, ça m'atten-
drit jusqu'au fond de l'âme, et je lui
en suis trop reconnaissant. Vivent
les gens bons! Je ne connais que ça,
moi ; vive le roi Bombance!

On applaudit Gobe-La, et il n'était
pas encore descendu, que Lavisé
parut à la tribune. Comme il était
connu pour un homme sage, beau-

coup aussitôt firent silence pour l'écouter; mais on se doutait bien qu'il allait parler contre la royauté. Aussi Fouinard, Mouchon et Limier se mirent-ils à hurler :

— Non! non! non! A bas! Qu'il descende! Nous sommes décidés! Nous ne voulons plus rien entendre! Assez! assez!

Et comme il y a toujours des gens assez bêtes pour répéter ce que disent les autres, simplement parce que c'est dit à côté d'eux, plusieurs de même crièrent :

— Assez! assez!

Toutefois, ça ne prit pas généralement, on fit silence, et Lavisé commença :

— Mes voisins et amis, si vous n'é-

tiez pas enragés de votre idée, vous
auriez vu qu'on vous disait des bêtises. Je ne viens pas répondre à Pingrelet, car ce qu'il dit n'en vaut pas la
peine, et vous ne l'avez sans doute pas
écouté; autrement comment des hommes de bon sens pourraient-ils croire
qu'un autre homme, fût-il roi, empereur, ou n'importe quoi, puisse faire
la pluie et le beau temps, nous donner de plus belles moissons ou de
meilleures vignes? Nous ne pouvons
rien à ça que par le travail et les
bonnes idées des savants. Or, les
rois ne sont pas savants; ils ont
pour ça trop de chats à fesser et
trop de bombances à faire. Et même
ils n'aiment pas du tout la science,
attendu qu'elle prouve clair comme

le jour et comme deux et deux font quatre que l'on n'a pas besoin d'eux.

Est-il bien possible, — car c'est égal, il faut que je touche un mot des bêtises qu'a dites Pingrelet, — est-il bien possible qu'un homme qui a sa tête sur les épaules, vienne vous chanter des choses comme ceci : qu'il nous faut un roi qui pense, qui veuille, qui agisse pour nous! Sur ma parole, si nous étions des bœufs ou des ânes, on ne nous parlerait point autrement, car c'est comme si l'on nous ôtait la cervelle, et qu'il ne nous restât plus que bras et jambes, lesquels n'auraient plus qu'à travailler pour le roi, qui digérera bien pour nous, en effet, — comme l'a dit Pingrelet, sans faire attention apparemment. — Oui, car le roi et les siens s'approprieront le plus clair de notre pitance et le premier rendement de notre travail.

Oui bien, c'est un ordre assuré que celui où il n'y a qu'une tête, qu'une parole et qu'un commandement. Mais il s'agit de savoir si les choses en vont mieux pour ça, car m'est avis qu'un ordre où ça ne va pas bien, n'est pas un bon ordre. A ce compte, il y aurait un ordre superbe dans un cimetière, et pourtant il n'est pas bon d'être mort. Savez-vous ce que j'ai entendu dire de ce qui se passe chez le roi et l'empereur? C'est que précisément les gens y sont tellement à la gêne et à l'ennui, — car si on leur défend de se servir de leur cervelle, on n'a pourtant pas pu la leur ôter, — qu'ils sont

donc si fort à la gêne qu'ils en sont
continuellement à geindre, à sursau-
ter, et, comme on dit là-bas, à faire des
émeutes; en raison de quoi on leur
tire dessus, de façon que cet ordre-là
est un vrai désordre et un enfer.

Pour moi, m'est avis que plus il y
a de cervelles dans le monde, plus il
s'y fait de bonnes choses. S'il n'y en
avait eu qu'une depuis le commence-
ment, nous en serions sans doute encore à l'état des animaux, qui n'avan-
cent en rien, parce qu'ils pensent tous
la même chose. Il se peut qu'il y ait
quelquefois de la brouille, par la dif-
férence des opinions; mais c'est la
faute précisément à ceux qui veulent
dominer, et ranger tout le monde à
leur idée. Que chacun fasse à sa guise

en ce qui le regarde. On verra le mieux et l'on choisira.

Une supposition, mes amis. Vous avez du bien à cultiver et à faire prospérer, est-ce que vous vous dites à vous-mêmes : Je vas donner ça à faire à un tel, pour que ça soit mieux soigné? Fichtre non! car vous savez bien qu'on n'a jamais tant de cœur à l'ouvrage et tant de soin que lorsqu'on travaille pour soi. Et de même, si vous avez une affaire, un marché, une contestation que vous puissiez arranger vous-mêmes, est-ce que vous iriez en charger un autre? Non point, vous savez trop bien que nul ne prend et ne comprend vos intérêts si bien que vous-mêmes. Ceux qui ont des intendants sont toujours volés.

Quelle idée vous prend donc de remettre à une personne, que vous ne connaissez même pas, vos biens, vos intérêts, vous-mêmes?

Mais des cris effroyables partirent de l'assemblée sur différents points. C'étaient Pingrelet, Grosgain, Tropd'Un, Limier, Mouchon, Fouinard, et encore les Baisetout, les Platin, Filouton et autres, qui criaient et faisaient crier chacun de son côté.

— C'est un jaloux! Il veut mener la commune à lui tout seul! Il dit du mal de nos bienfaiteurs; il veut nous empêcher d'être heureux. Il faut le pendre!...

— Que diable! reprit Lavisé, élevant la voix plus fort que tout le monde, — car il était hors de lui de

voir la sottise qu'on allait faire, —
que diable! mes paroles ne vous em-
pêcheront pas d'en faire à votre idée,
si vous le voulez absolument. Ecou-
tez-moi donc. Et surtout défiez-vous
de ceux qui veulent empêcher les
gens de parler. C'est signe sûr et
certain qu'ils savent eux-mêmes leur
tort, et qu'ils ont peur de la vérité.
Vous croyez, gens de Bien-Heureuse,
parce qu'on vous a fait de petits cadeaux, qu'une fois en monarchie, il
vous pleuvra tous les jours des rubans, des dragées, des louis d'or et
des soûleries, comme celle de l'autre
jour, dont ceux qui vous l'ont donnée
devraient avoir honte. Eh bien, c'est
tout le contraire. Quand vous vous
serez une fois donnés, et qu'il ne sera

plus temps de vous reprendre, alors, au lieu de recevoir, vous payerez. Vous trouvez que c'est assez d'être imposés en moyenne 7 fr. par tête, pour avoir une commune bien tenue et bien pourvue ? Alors vous verrez l'impôt monter tout de suite et devenir peut-être dix fois plus fort. Cependant les dépenses dont chacun profite ne sont autre chose qu'un bon placement ; tandis qu'il en est tout autrement des impôts payés à la royauté. Les rois prennent au peuple et ne lui rendent pas. Ils se servent de son argent pour payer leurs valets, leurs meutes, leurs chevaux, leurs courtisans, leurs maîtresses, leurs beaux habits, leurs diamants et leurs palais. Car ce sont gens de grande vie et rudement

exigeants de plaisirs. Ils en achè-
tent aussi des terres, des palais
à leurs généraux, à leurs écrivas-
siers, à leurs nobles; parce qu'il leur
faut des fainéants bien mis autour
d'eux, qui les aident à gouverner,
autrement dit à tondre et à mater le
peuple...

Cette fois, ce furent des cris si furieux qu'ils couvrirent la voix de Lavisé et que celui-ci fut obligé de des-
cendre. Il rencontra sur son passage
Gobe-La pleurant à chaudes larmes
et qui lui dit :

— Non, je n'aurais jamais cru ça
de toi, Lavisé. Dire du mal d'un si
bon roi! Ici! chez nous! Ah! s'il le
savait, comme ça lui ferait de la peine!

Et il se reprit à sangloter.

— Cher et noble peuple de Malenpis....

C'était le maître du château,
M. Legros, celui qui logeait le prince, qui était lui-même monté sur le
théâtre.

— Chut! chut! dit-on de toutes
parts.

M. Legros se mit à faire l'éloge du
roi, des princes, princesses, gens de
cour. Il connaissait tout ce monde-là,
étant allé souvent dans la capitale du
roi Bombance, et ce n'étaient que vertus, bienfaisance, désintéressement,
grandeur, etc... Certes, ce n'était pas
par ambition que le roi Bombance
gouvernait, bien au contraire : car il
trouvait le pouvoir très-lourd à porter. Non, c'était la passion de se dé-

vouer; il était venu comme ça au monde.

—Enfin, dit M. Legros, j'ai à vous communiquer une faveur nouvelle! Le roi Bombance, à la prière du prince Parfait, voulant témoigner sa grande considération pour la commune de Malenpis, vient d'élever un de ses concitoyens, celui même qui vous parle, à la dignité de porte-éponge de Sa Majesté, aux appointements de 20,000 francs par an, ce qui me permettra de faire jouir mes concitoyens du spectacle d'un plus grand luxe que celui que j'ai pu leur offrir jusqu'à ce jour....

Il ne put achever, tant l'enthousiasme fut grand. Grosgain voulut cependant parler aussi, et ce fut pour annoncer qu'il venait d'apprendre, de source certaine, que les fromages se vendaient 1 fr. 50 dans la capitale du roi, tandis que c'était à peine si, à Bien-Heureuse, ils allaient jusqu'à 1 franc. Il fallait donc se hâter de voter la réunion, afin de vendre les fromages 1 fr. 50 au prochain marché.

Pour le coup, la mère Bonsens n'y tint plus, et montant tout bonnement sur un banc de pierre :

— Dire que les hommes sont si bêtes ! s'écria-t-elle, et qu'ils prétendent pourtant faire les affaires tout seuls ! Écoutez donc une parole de simple raison. Comme il y a cent lieues, et plus, d'ici à la capitale, et que les chemins de fer font payer le port, vous aurez beau vous faire les sujets du roi, les fromages ne hausseront pas de prix pour cela, car....

Mais on ne l'écoutait pas, et l'on criait avec les Baisetout, les Platin, les Gobe-La, etc. : Votons ! votons ! Vive le roi !

Alors, pendant qu'on cherchait une urne et que la femme à Gobe-La apportait un chaudron tout frais récuré, Jacques voulut tenter un nouvel effort.

— Tais-toi, va, lui dit Lavisé désespéré, c'est fini ; on n'y peut rien, et tu te ferais tort en pure perte. Occupe-toi plutôt de mettre du bon sens dans la tête de tes écoliers. Nous avons grand besoin de ça.

Cependant Jacques persista à

prendre la parole, et voici ce qu'il dit :

— Avant de prendre une décision si grave, puisqu'elle engage tout votre sort, ne pensez-vous pas, citoyens, qu'il serait nécessaire de bien savoir ce qu'on fait ? Or, il me semble qu'il y a une erreur dans l'esprit de beaucoup d'entre vous sur un point : Vous attendez, n'est-ce pas, des bienfaits de la part du roi ? Vous croyez qu'il vous donnera beaucoup, et ne vous demandera rien. Mais, citoyens, savez-vous seulement si la chose est possible ? Savez-vous ce que c'est qu'un roi ? Je vais vous le dire, et je défie qui que ce soit de me démentir. Un roi est un homme qui ne travaille pas. Vous me direz qu'il s'occupe des affaires de l'État, soit.

Admettons que réellement il puisse faire et fasse l'étonnante besogne que vous lui confiez, de penser et vouloir pour vous.

Il est du moins certain qu'il ne fait aucun travail qui produise de la richesse, et qu'il n'a par conséquent d'autre argent que celui que ses sujets lui donnent. Or, il est vrai que les sujets donnent beaucoup. Soixante mille familles de paysans vivraient du revenu de certains rois. Mais c'est le peuple, je le répète, qui leur fait ce revenu ; le peuple, les pauvres gens, puisqu'ils sont bien plus nombreux que les riches. Le roi, s'il n'avait pas soin de mettre de côté, serait aussi pauvre qu'un mendiant, le jour où le peuple, n'en voulant plus, cesserait de lui payer des millions. Espérer des libéralités de la part d'un roi, d'un empereur, c'est donc tout bonnement lâcher son argent, dans l'espoir qu'il vous en reviendra quelque chose. N'est-il pas plus simple de le garder? Et d'autant mieux que ces libéralités au peuple, dont on fait tant de bruit, sont une petite, très-petite partie de l'argent versé par le peuple ; elles ne représentent pas un centime par franc ; c'est aux grands, aux valets que va le reste, à ceux qui sont le soutien naturel des rois et les aident à tenir le peuple dans l'obéissance.

On vit à ce moment paraître derrière Jacques, à la tribune, le secrétaire Platin. Il levait les bras au

ciel et semblait plein d'indignation.

— Qu'entends-je ? s'écria-t-il, cou-
pant sans plus de façon la parole à
Jacques, on ose nier les immenses
richesses du roi Bombance! On ose
nier ses mines d'or vierge, ses caver-
nes remplies de pièces d'or, ses pa-
-lais pleins d'argenterie, et les grands
navires qui, chaque jour, lui arrivent
d'Australie et de Golconde, chargés
de poudre d'or et de diamants ! Oh !
la perversité humaine est trop grande
et...

Mais cette énumération de richesses avait suffi. Tout le monde était
émerveillé. On répétait : Des caver-
nes pleines de pièces d'or ! des navires chargés!... Et plus que jamais on

cria : — Votons! votons pour le roi
Bombance!

Le Conseil municipal se rangea
autour du chaudron ; chacun apporta
son bulletin, et, deux heures après,
le roi Bombance était proclamé roi
de Malenpis, — car maintenant qu'on
était en monarchie, c'était le vieux
nom qui devait être préféré au nouveau, comme en tout les vieilles choses devaient être préférées aux nouvelles.

Le prince Parfait vint remercier la
population, par un discours très-tou-
chant et en mettant la main sur son
cœur, ce qui porta l'enthousiasme
jusqu'au délire. Il y eut de nouveau
distribution de vin et de dragées, puis
bal. Et de nouveau, le prince dansa

avec les plus jolies filles, qui se disputaient ses regards, et quand il fut parti, on chercha partout la Linette, mais on ne sut où elle avait passé.

Le lendemain, les gens de Malenpis se réveillèrent tout fiers d'être en royauté, et beaucoup regardaient en l'air et tout autour d'eux, comme s'ils s'attendaient à voir quelque chose d'extraordinaire.

Il n'y eut rien, cependant ; la journée fut toute semblable aux autres. Gobe-La prétendit pourtant que le soleil paraissait plus vif et que les trèfles avaient allongé d'un demi-pouce ; mais ça ne fut pas prouvé.

Au bout de quelques jours, la commune reçut les remerciements du roi Bombance, qui affirmait qu'il allait

se consacrer désormais tout entier au
bonheur de ses nombreux sujets. En
même temps, le prince Parfait fut
nommé vice-roi de Malenpis, et
M. Legros gouverneur. Pingrelet fut
trésorier, Grosgain percepteur, Fouinard devint chef de la police, et Platin grand juge. Gobe-La, Boissansoif, Grouillard, et autres gens qui
s'étaient distingués dans l'affaire,
ainsi que certains notables, reçu-
rent chacun la photographie du roi
dans un petit médaillon, entouré
d'un cercle d'or.

Ils en furent très-fiers, assurément.
Toutefois, faut-il le dire? il y eut une
déception, que Gobe-La, toujours
sincère, exprima ainsi :

— Je croyais qu'il y avait toujours

des diamants autour des portraits des rois ?

On regarda longtemps aussi le portrait du roi sans rien dire, et puis, enfin, quelqu'un se hasarda à faire cette question :

— Comment le trouvez-vous ?

— Hum !... Dame... Je ne m'y connais pas bien.

— Pour moi, je m'imaginais que tous les rois étaient beaux.

— Ça devrait être. Des gens si distingués !...

— Mais alors, pourquoi est-ce qu'il a le ventre si large, si large ! Et que sa figure semble une poire à la livre.

— Oui, et de si petits yeux.

— Et une drôle de moustache ! on dirait celle de notre chat.

—Eh ben, moi, je pensais que les rois ne ressemblaient pas aux autres hommes.

—Ah! ben oui; vous savez, Pierre Vernet? il se trouvait l'autre jour chez M. Legros, quand on lui a fait porter de l'eau pour le bain du prince, et alors il l'a vu sans chemise. Eh ben! Pierre Vernet dit que sans chapeau et sans habit d'or, comme ça, le prince ressemble tout à fait à n'importe qui; et même, vous ne croiriez pas, qu'il a un faux air du petit Grouillard, qui est de son âge?

— Pas possible!

— C'est des mensonges! s'écria Gobe-La.

Et cela lui fit tant de peine que son prince pût ressembler au petit

Grouillard, qu'il s'en fâcha tout rouge.

Il fut bien vengé le jour où le prix des veaux monta de 10 francs, les pommes de terre de 4 sous le double-décalitre, les œufs de 10 centimes et les fromages de 25 centimes.

— Hein! allait-il partout criant, quand je vous disais! voilà l'abondance qui commence ! Toute l'eau vient à notre moulin. Ça va continuer comme ça de plus en plus fort. Et nous deviendrons tous riches, grands seigneurs et même gros propriétaires. Voyez-vous ce que c'est que d'avoir un roi ?

—Je verrais seulement que tu es une bête, lui répondit Lavisé, si je ne savais ça de longtemps. Ne sais-tu pas qu'il vient de s'ouvrir un nouveau chemin de fer, à une heure d'ici, qui porte nos denrées à la grande ville des Gamaches? Et c'est pour ça que ça hausse, et non pas à cause du roi, qui n'y peut rien.

Lavisé n'achevait pas ce propos qu'il sentit quelqu'un lui frapper sur l'épaule, et, se retournant, il vit Mouchon, qui cette fois n'était plus en ouvrier, mais avait un uniforme, un chapeau pointu, une petite épée au côté.

— L'ami, dit-il, vous êtes maintenant sujet du roi Bombance, tâchez de conformer votre langue à cette nouvelle condition. Tout ce qui se fait de bien et de beau dans le royaume, prospérité du commerce, des arts, de l'industrie, bonnes récoltes et bonnes actions, est dû, sachez-le, à l'influence de sa gracieuse Majesté.Tout ce qui se fait de mal : baisse de prix, faillites, accidents, grêle, sécheresse, tremblements de terre, ouragans, coulage de la vigne, assassinats, disputes, épizooties et inondations, tout cela est l'œuvre des éternels ennemis de l'ordre, autrement dit les scélérats de la démagogie, dont vous êtes, comme l'ont témoigné vos discours incendiaires, le jour de la réunion de cette commune à la couronne. Mais songez qu'on a l'œil sur vous, et qu'au premier mot irrespectueux envers la sacrée personne de notre souverain, ou contre l'ordre suprême de cette monarchie, vous serez enlevé comme une brebis galeuse du milieu du troupeau, et vous irez méditer dans les prisons royales sur le danger d'avoir des opinions opposées aux saines doctrines.

— Par ma foi, dit Lavisé, c'est encore pis que je ne pensais; après tout, si ça pouvait faire voir clair à mes concitoyens, j'irais en prison de bien bon cœur.

— Eh! eh! dit l'agent de police en ricanant, pour voir clair, il est trop tard.

C'était vrai. Car, juste en ce moment, le général Rrran de Craquenboum et son lieutenant Panachon faisaient leur entrée sur la grande place, à la tête de cent cinquante soldats venus du royaume et bien armés de beaux et bons fusils, ornés au bout de baïonnettes luisantes. Et derrière, venait, traîné par deux chevaux, un joli petit canon sur son affût, et derrière encore, un fourgon plein de poudre, de boulets, de munitions. Et le général Rrran de Craquenboum cria : Halte! Et les soldats s'arrêtèrent tous à la fois.—Et cria : Reposez vos armes! Et tous les fusils s'abaissèrent en même temps, avec un seul bruit composé de cent cinquante mouvements.—Et le général Rrran de Craquenboum s'écria : Armes bras! Et toutes les armes se rangèrent comme par un ressort le long de l'épaule gauche des soldats.— En avant! marche! Et tous les soldats firent le tour de la place, d'un même pas, comme s'ils n'avaient eu qu'une paire de jambes.

Et toutes les femmes et filles de Malenpis étaient sur leurs portes, disant :

— Que c'est beau ! comme ils sont
beaux !

Et tous les gamins de la commune
couraient après, en rond, comme un
vol d'hirondelles autour d'un clocher.

Ce soir-là, il y eut de l'enthousiasme comme au premier jour. Les
gens de Malenpis étaient fiers d'avoir
une armée et même une artillerie.

— Ah ! c'est vraiment beau d'être
en monarchie ! répétaient Gobe-La,
Grouillard, Boissansoif et autres Ma-
lenpissois.

Ça alla bien ainsi pendant quelques jours, puis les pères et les maris
commencèrent à trouver que les soldats serraient d'un peu trop près

leurs filles et leurs femmes, et que celles-ci les trouvaient un peu trop beaux, ou peut-être seulement leurs galons et leurs panaches. Les jeunes gens aussi devinrent jaloux de leurs bonnes amies, et cela fit énormément de disputes dans le pays.

Alors, au lieu de prendre des arbitres, comme autrefois, il fallut porter ces disputes devant le grand juge Platin, autour duquel étaient venus s'établir une troupe d'avoués, d'avocats, d'huissiers et de procureurs. Si bien qu'il en coûta rudement à ceux qui avaient tort, et beaucoup à ceux qui avaient raison, et que de l'affaire tout le monde fut étrillé.

Un matin, dans chaque famille de Malenpis, on reçut un petit papier qui, à peine lu, fit grande émotion partout. D'abord on se récria dans les familles ; puis, on alla chez les voisins se récrier de nouveau, et enfin des groupes se formèrent sur la grande place et devinrent bientôt un rassemblement nombreux.

— C'est une horreur ! criait-on.

— Ça ne se peut pas !

— On n'a jamais rien vu de pareil !

— Nous prennent-ils pour des millionnaires?

— C'est pourtant trop fort !

— Dame, nous ne voulons pas nous ruiner en impôts, et si c'est comme ça...

Gobe-La suait à grosses gouttes.

Il n'y comprenait rien et trouvait aussi la chose énorme; mais comment

accuser le roi d'avoir mal fait, le roi
qui lui avait envoyé sa photographie!...

J'oubliais de vous dire ce que c'é-
tait ; mais vous l'avez peut-être deviné
déjà. C'était la cote d'impôts dévolue
à chaque habitant, d'après les lois
du royaume. Or, il y en avait juste
neuf fois plus que les habitants de
Bien-Heureuse ne payaient auparavant. C'est de là que venaient les
cris, les réclamations et, ma foi, les
invectives ; car il n'y a rien qui ai-
grisse le caractère, comme d'avoir à
payer plus qu'on ne croit.

Tout à coup, Gobe-La se frappa le
front. Il venait d'avoir une idée, une
idée superbe vraiment, et comme une
pareille circonstance pouvait seule,

en le poussant hors des gonds, la lui fournir.

— Il s'est trompé! se mit-il à crier aussitôt. Grosgain s'est trompé ! ce qui ne m'étonne pas, car il sait calculer de tête, mais il écrit comme un âne. Ce ne sont pas des francs ; ce sont des centimes!

Et, tout content, il se mit à répandre la nouvelle, comme sûre, ne pouvant admettre que ce pût être autrement. Le bon roi! allons donc! ce n'était pas de sa faute!

— A la bonne heure, dit-on.

Et bien des mines se rassérénèrent ; mais beaucoup restaient inquiets, quand parut M. Legros. Il venait ceint d'une écharpe aux couleurs du roi Bombance, et derrière

lui, à l'entrée de la place, on vit le
général Rrran de Craquenboum à
cheval, à la tête de ses soldats.

— Habitants de Malenpis, s'écria
M. Legros d'un air sévère, que faites-
vous ici?

On se regarda étonné, et un
homme de bien et d'esprit, mais qui
avait la tête un peu vive, Léveillé,
prit la parole :

— Parbleu! dit-il, vous le voyez :
nous sommes sur la place, à causer
de nos affaires entre nous, et c'est
notre droit, à ce qu'il me semble.

— Je veux bien excuser pour cette
fois, reprit le gouverneur, votre ignorance des lois du royaume; sachez
désormais qu'il est défendu de se rassembler ainsi. Il vous est permis de

vous voir les uns chez les autres,
entre voisins et amis, pourvu que ce
ne soit pas en trop grand nombre ;
mais vous ne pouvez, sous aucun
prétexte, vous rassembler entre citoyens sans la permission du roi.

Pour le coup, il n'y eut pas jusqu'à Gobe-La qui ne trouvât la chose
forte.

— Comment, disaient-ils, et de
quel droit ? Et pourquoi ? Comment
ose-t-on nous défendre de nous réu-
nir et de nous entendre ?

— Vous ne vous souvenez donc
plus, leur répondit Lavisé, que vous
avez voulu un maître ? Vous l'avez.

Alors, Léveillé sortit des rangs et
dit à M. Legros en lui présentant sa
feuille d'impôts :

—Voilà pourquoi nous ne sommes pas contents. Est-ce que c'est vrai qu'on nous demande tant d'argent?

M. Legros prit le papier, l'examina et le lui rendant froidement :

—C'est votre part des dépenses du royaume, dit-il, et vous devez, en fidèles sujets, payer et vous taire.

—Non, sacrebleu! cria Léveillé, je ne payerai pas une si grosse somme! Je ne me laisse pas voler comme ça, et si ce sont là les bienfaits de votre roi!...

En même temps, il déchira le papier, et plusieurs, également irrités, l'imitèrent.

Alors, sur un signe de M. Legros, le général Rrran de Craquenboum, tirant son sabre, cria : En avant! Et les soldats, arrivant au pas de charge, la baïonnette en avant, sur les habitants de Malenpis, leur firent une si effroyable peur, qu'en se sauvant, plusieurs tombèrent les uns sur les autres, et qu'un enfant se cassa la jambe. Léveillé, ainsi que tous ceux qui avaient déchiré le papier des contributions, furent arrêtés et mis en prison.

Ce fut une grande consternation dans le village comme dans tous les hameaux environnants, dont les habitants s'étaient mis également en rumeur au sujet de leurs cotes d'impôt, mais qui, apprenant ce qui s'était passé dans le gros village, se tinrent tranquilles. Ils n'en pensaient pas moins. L'idée qu'ils étaient maintenant soumis à un homme qui les rançonnait si effrontément, et les traitait comme des chiens, au point de leur faire tirer dessus quand ils refusaient de se soumettre ; surtout de penser qu'eux-mêmes s'étaient mis volontairement en pareil état, cela les rendait fous de chagrin, et ils regrettaient déjà amèrement de n'avoir pas cru Lavisé, et de s'être ainsi laissé prendre comme des étourneaux à la glu des cadeaux et des belles paroles.

Ils n'avaient pas tout vu. Jusque-là, il va sans dire que la commune de Bien-Heureuse ne songeait point à la guerre et n'avait jamais eu de soldats ; mais à présent qu'ils étaient sujets du roi, tout était bien différent. Tous les jeunes gens de

vingt ans furent appelés pour tirer
au sort. Si la chose ne se passe point
sans larmes dans les monarchies, où
l'on est habitué à ces choses, je vous
laisse à penser ce que larmoyèrent les
mères et les fiancées de Malenpis.
Cependant on avait cru d'abord que
les jeunes conscrits resteraient dans
la commune; puisque le roi y en-
voyait des soldats, quoi de plus simple que ces soldats fussent les enfants
du pays? Mais on apprit bientôt que
les jeunes gars allaient au contraire
être envoyés à cinquante ou soixante
lieues de là. Alors, ce furent les
femmes qui s'insurgèrent, et, après
bien des pourparlers entre elles, et
des mystères, une députation d'une
vingtaine, toutes mères ou fian-

cées de conscrits, conduites par la mère Bonsens, allèrent trouver le lieutenant Panachon, comme il était à commander l'exercice.

Le lieutenant Panachon était un jeune homme poli, et qui surtout avait de grands égards pour les jolies femmes, dont il ne manquait pas dans la députation, entre autres justement une petite brune à qui il faisait la cour. Après que la mère Bonsens lui eut dit ce qu'elles demandaient, il répondit d'une voix douce :

— Hélas! mesdames, vous me voyez désolé de ne pouvoir vous donner aucune espérance ; car la chose que vous demandez va de fond en comble contre toute la politique du gouvernement.

Cela les rendit tout ébahies.

Elles avaient tant fait que ça!

— On va nous fusiller aussi, pensè-
rent-elles, et nous appeler démagogi-
ques. Et la plupart faillirent prendre la
fuite ; mais la petite brune, qui venait d'échanger une œillade avec le
lieutenant Panachon, les rassura ; la
mère Bonsens, d'ailleurs, n'était pas
femme à s'épouvanter si facilement ;
elle réclama des explications.

— Tout simplement, dit le lieutenant Panachon, que c'est un axiome
d'Etat d'éloigner les soldats de leurs
foyers. Car, supposez qu'il y eût,
comme l'autre jour, une émeute sur
la grande place, que vos hommes re-
fusassent encore d'obéir au roi, peut-
être serait-il assez difficile de décider

leurs fils et frères à tirer dessus.

— Grand Dieu! s'écria la mère Bonsens en levant les bras au ciel, mais c'est donc une caverne de brigands votre monarchie?

— Madame, répliqua le lieutenant Panachon, je vais être forcé de vous arrêter pour de tels propos.

— Non point, lieutenant, car vous êtes, vous, un homme raisonnable et avec qui l'on peut causer. Et vous comprenez bien qu'une honnête personne qui a une idée dans la tête doit, de par sa langue, la mettre dehors; puisque les choses sont arrangées comme ça, que la pensée fait aller la langue. Et comment donc y aurait-il des lois contre la nature?

— Je ne puis entrer dans ces con-

sidérations, répondit le lieutenant :
car notre fonction dans les monarchies est précisément d'empêcher les
gens de raisonner. Je vous dirai seulement que la monarchie n'a rien à
faire non plus avec la nature. La nature veut que chacun pense et agisse
par soi-même, à seule condition de
ne pas gêner les autres, et la monarchie veut, au contraire, qu'un seul
pense et agisse pour tous.

Ayant ainsi parlé, il salua les femmes et leur tourna le dos. La Brunette
alors lui courut après, et lui reprocha
de ne point prendre souci de leur
cause.

— Ingrate! dit le lieutenant Panachon, je vous en ai dit cent fois plus
long qu'il ne convient à un militaire.

J'aurais dû vous donner pour toute réponse le commandement de : — Tournez les talons, et allez-vous-en!

— Bon! alors, je vais vous obéir et vous ne me reverrez de votre vie.

— Pas du tout! Vous savez bien que je n'ai pas dit cela, et c'était seulement à cause de vous.

— Eh bien, vous devriez être tout à fait avec nous et nous aider à envoyer promener votre roi, dont nous sommes déjà bien las, allez ! Alors, nous nous marierions et...

— Et alors, ma belle, qui me payerait mes appointements et me ferait général un jour? Les Républiques ne valent rien pour nous.

— Ah! pourquoi donc?

— Parce qu'elles n'ont pas d'ar-

mées permanentes, n'ayant pas
de su-jets à tuer pour leur apprendre
à vivre, et pour apprendre aux
autres à faire sans murmurer la
volonté du roi. C'est une grande éco-
nomie ; mais ça ne fait pas nos affaires à nous.

— Mais quand les Républiques ont
la guerre, comment font-elles?

— Elles n'ont point de guerre,
parce qu'elles n'en cherchent pas. Cependant, pour le cas où elles seraient
attaquées, elles exercent leurs citoyens au maniement des armes ; et
alors, s'il s'agissait de défendre le
pays, tous les hommes' valides seraient sur pied, ce qui ferait une armée beaucoup plus nombreuse que ne
peut l'être aucune armée permanente.

C'est ainsi que fait la Suisse, par exemple. On sait cela, et on ne l'attaque point. — Mais, chère Brunette, mes soldats regardent fort de ce côté, et le sergent qui commande la manœuvre a des distractions. Si vous voulez en apprendre plus long sur la politique, accordez-moi un rendez-vous ce soir.

— Non, parce que vous ne nous avez pas donné une bonne réponse.

— Je ne le puis pas. Si vous tenez à être mal reçues, allez trouver le général Rrran de Craquenboum.

La mère Bonsens y fût bien allée, et même la Brunette, qui savait un peu le défaut de la cuirasse ; mais les autres n'osèrent pas, tant les gros yeux que roulait le général Rrran de

Craquenboum à la parade leur faisaient peur. Seulement, le jour où les
conscrits durent partir, sans s'être
concertées pour ça, les pauvres mères
se rendirent sur la place en sanglo-
tant, se pendirent au cou de leurs enfants, et alors, l'amour étant plus fort
que la peur, elles entourèrent le général Rrran de Craquenboum et lui
demandèrent de leur dire au moins
qu'il n'y aurait point de guerre.

Le général haussa les épaules,
roula les yeux, tordit sa moustache,
et s'écria d'une voix tonnante :

—C'est de la bêtise ce que vous dites
là. Du moment qu'il y a des armées,
est-ce que ça n'est pas pour la guerre ?
Il faut être imbécile pour ne pas comprendre ça ! Car, suivez mon raisonne-

ment : quand vous avez une charrue,
c'est pour labourer ; quand vous avez
une faux, c'est pour couper ; un moulin, c'est pour broyer, et de même une
armée, c'est pour guerroyer.

Les mères, entendant cela, se mirent à gémir comme de plus belle, et
alors s'éleva de nouveau la grosse
voix du général.

— Silence dans les rangs ! je n'aime pas les sensibleries ; seulement,
comme je ne suis pas si mauvais que
j'en ai l'air, je vas vous donner une
fiche de consolation.

Écoutez-moi bien ! l'armée est faite
pour guerroyer, c'est vrai ; mais il y
a guerre et guerre. Défendre la patrie... c'est ce qu'on dit aux petits enfants ; mais ceux qui ne sont pas trop

bêtes savent bien que le fin mot de la
chose c'est pour le bon ordre, ce qui
veut dire faire marcher droit les récal-
citrants et casser la tête aux raison-
neurs. Or, les pékins, c'est pas dange-
reux ; vous en savez quelque chose, vu
que l'autre jour, vous avez si lestement
tourné les talons. Ainsi donc, mères
sensibles, c'est neuf chances sur dix
que vous avez de revoir vos marmots
en bon état, et là-dessus veuillez
rentrer pareille quantité de larmes.
Plus de jérémiades! et vive le roi!

Après cette harangue, le général
donna un coup d'éperon à son cheval,
et la colonne de conscrits quitta Malenpis, laissant dans le deuil les pauvres parents et avec eux toute la
commune.

Il n'y eut bientôt plus à Malenpis
que soucis et tristesses. Bon gré mal
gré, il fallut payer l'impôt, et bien
des gens pour cela furent obligés
d'emprunter. Or, il n'était moyen de
trouver de l'argent chez les voisins,
puisque chacun avait à fournir une
somme, qu'il n'avait point compté
payer. Ces gens vivaient de leur bien
et de leur travail, mais ne roulaient
point sur l'argent. En sorte que beaucoup n'eurent d'autre ressource que
de s'adresser à un certain personnage
qui, depuis l'annexion, était venu des
Etats du roi établir une banque à
Malenpis. Il se nommait Grangoulu,
et c'était un homme tout rond de
tournure et de manières, et plein
d'aimables paroles. Pourvu qu'on eût

des terres ou seulement une maison,
il ne faisait point difficulté de prêter.
Seulement, c'était un peu cher, car
il ne prêtait que pour trois mois, à
cinq du cent, ce qui faisait vingt
pour cent au bout de l'année, outre
les frais de renouvellement, quand on
ne pouvait payer à l'échéance. On
vit bientôt fréquemment à Bien-Heureuse, ce qui ne s'y était guère vu
jusque-là : huissiers, protêts, saisies,
ventes forcées, et la ruine, et les
pleurs, et tout ce qui s'ensuit. Il n'eût
pas fallu longtemps, de ce train-là,
pour que Grandgoulu devînt le propriétaire de presque toute la commune.

Que pensaient maintenant Pingrelet, Grosgain, Trop-d'Un et les au-

tres, de l'état où se trouvait, grâce à eux, leur pauvre pays? — Ils n'y pensaient pas du tout. Car ils avaient tous, ainsi que M. Legros, des places bien payées; ils s'estimaient très-fiers de représenter le roi, d'avoir de l'autorité sur le monde, et ils en marchaient tout gonflés, comme nos dindons quand ils font la roue. On les voyait au mieux avec MM. Platin, Fouinard, Grandgoulu, etc., et ils faisaient souvent des voyages dans la capitale. Par la volonté de son père, Francette, désormais, était mise comme une dame, ce qui ne la rendait pas plus jolie, surtout pas plus gaie. La pauvrette se mourait de peine, refusant toujours d'épouser Trop-d'Un, et tourmentée par son père; ayant de

plus un autre grave souci, les galan-
teries du prince, qui semblait s'être
entendu avec Trop-d'Un pour faire la
cour à sa fiancée, et qui la persécutait
de son amour, dont, en honnête fille,
elle avait grande honte.

Pour Jacques, à qui l'entrée de la
maison de Pingrelet était défendue,
il s'appliquait tristement dans son
école à faire de son mieux pour rendre
ses élèves intelligents et habiles. Il
n'entendait pas seulement, comme
avait fait maître Lebonius autrefois,
leur mettre des mots dans la tête,
mais des idées, et ce n'étaient pas des
perroquets qu'il en voulait faire, mais
des hommes de bon sens, comprenant
les choses, sachant choisir ce qui
convient le mieux, et habiles dans

leur état de cultivateurs. C'est pour
cela qu'au lieu de leur parler de ce
qui s'est fait, il y a des milliers d'années, il leur faisait d'abord connaître
ce qui les entourait, leur pays et la nature, les choses de l'air, de l'eau, de la
terre, auxquelles le paysan a sans
cesse affaire. Bien souvent, il menait
ses écoliers faire l'école aux champs,
et les petits gars, le soir, tout contents et tout dégourdis, racontaient
à leurs parents comment s'étaient
formées les montagnes, d'où venaient
les rivières, les vents, la pluie ; de
quels éléments principaux tel champ
était composé, et ce qu'il était bon d'y
ajouter : soit chaux, marne, terreau,
fumier, pour le rendre plus propre au
froment, ou aux pommes de terre, ou

à telle autre culture. Ils rapportaient des herbes dont ils disaient le nom et l'emploi, soit pour la médecine, soit pour les bestiaux, soit pour l'industrie. Ils montraient des cailloux dans lesquels on voyait des bêtes pétrifiées depuis des cent mille ans, et bien d'autres choses curieuses.

— A la bonne heure! disaient les parents, voilà des enfants qui apprennent quelque chose d'utile, et qui seront un jour plus habiles et plus fins que nous!

De même, au lieu de parler à ses écoliers du roi Pharamond, ou du roi Clodion, dont on ne sait rien, sinon qu'ils ont fait la guerre, et par conséquent tué beaucoup de monde, Jacques apprenait à ses élèves le nom et

l'histoire des hommes qui ont fait du
bien à l'humanité, soit en lui apprenant à se servir des forces de la nature, soit en lui enseignant la justice.
Il racontait comment on a inventé le
fer, la charrue, les bateaux, l'éclai-
rage, les étoffes, la teinture, la poterie, les arts, l'imprimerie, des moyens
de transport de plus en plus rapides,
et des moyens de communication et
d'échange de plus en plus grands ;
comment les hommes, en se réunis-
sant, se donnent les uns aux autres
plus de force, plus de connaissance et
plus de moralité, et comment ils
pourraient et devraient s'en donner
encore davantage. Il tâchait aussi de
les rendre bons et sages, non par la
force, car ça ne dure qu'un instant,

mais par la réflexion et par la conscience, ce qui dure toujours ; il leur
demandait souvent à propos de telle ou
telle chose qui se passait, ou des disputes qu'ils avaient parfois ensemble :

— Que pensez-vous de cela?
Qu'est-ce qui est le plus juste ?

Ces enfants, ainsi élevés, deve-
naient réfléchis, bons, intelligents,
tout en étant plus heureux et plus
gais qu'auparavant, et ils aimaient
beaucoup Jacques.

Mais voilà qu'un jour, voyant que
c'était ainsi, M. Fouinard, chef de la
police, alla trouver le grand juge
Platin et lui dit :

— Il y a ici un instituteur qui se
croit apparemment en République.
Il s'arrange pour faire de ses élèves

des garçons intelligents, qui seront un jour capables d'être libres et voudront le devenir. Ça ne peut pas faire nos affaires. Si on élevait tous les enfants comme cela, personne ne voudrait plus être sujet, payer de gros impôts, aller à la guerre autrement que pour se défendre ; on ne voudrait plus payer de grands juges, ni de policiers, ni de sénateurs, ni de commandeurs, ni de chanceliers ; il n'y aurait plus moyen d'être roi. Il nous faut vivement mettre ordre à ça.

Ils tinrent donc conseil avec M. Legros et le général Rrran de Craquenboum, et il fut décidé entre eux qu'ils iraient le lendemain à l'école écouter ce qu'on y disait. Quand ils arrivèrent, on était au milieu de la leçon de géographie. Ils ne voulurent pas se montrer; mais, collés de chaque côté de la porte ouverte, voici ce qu'ils entendirent :

— Quelles sont, demandait Jacques, les nations de l'Europe où le chiffre de l'impôt est le plus élevé?

— Ce sont, répondit un élève, la France, l'Angleterre, la Russie, l'Autriche, l'Italie.

— Quel est le chiffre par nation?

— La France paye deux milliards 500 millions; — l'Angleterre, un milliard 800 millions; — la Russie, un milliard 600 millions; — l'Autriche, un milliard 140 millions; — l'Italie, un milliard.

—Pourriez-vous me dire quel est

l'État de l'Europe qui paie le moins d'impôts?

— C'est la Suisse. Elle n'a que 16 millions d'impôts.

— Cela vient peut-être de ce que c'est l'État le plus petit?

— Non. La Suisse n'a que trois millions de population; mais certains États, tels que la Saxe, le Wurtemberg, qui en ont seulement 2 millions, payent : le Wurtemberg, 36 millions d'impôts, et la Saxe 50 millions.

— Pour bien apprécier, il faudrait diviser le chiffre des impôts de chaque État par celui de la population, et nous verrions ainsi quel est l'État où réellement les contribuables sont le plus chargés. Voulez-vous faire ces divisions?

— Oui, monsieur.

Et les enfants se mirent à l'œuvre sous la dictée de leur instituteur.

	Impôts.	Population.
France......	2.500.000.000	37.000.000
Angleterre ..	1.800.000.000	29.000.000
Russie......	1.600.000.000	68.000.000
Autriche	1.140.000.000	31.000.000
Italie	1.000.000.000	24.000.000
Prusse......	700.000.000	25.000.000
Saxe........	50.000.000	2.300.000
Wurtemberg	36.000.000	2.300.000

Au bout d'un instant, les résultats furent proclamés :

— Monsieur, dit l'élève qui était chargé de la France, le contribuable, en France, paye 67 fr. par tête, en moyenne.

— C'est bien cela.

— Monsieur, l'Anglais paye 59 fr.

— Oh! le Russe est moins imposé.
Il ne paye que 24 fr.

— L'Italien, 28 fr. 35.

— Le Prussien, 26 fr.

— L'Autrichien, 36 fr. 50.

— Le Saxon, 21 fr.

— Le Wurtembergeois, 20 fr.

— Et le Suisse, 7 fr.

— A la bonne heure! s'écrièrent
les écoliers, en voilà un pays où l'on
ne demande pas beaucoup aux gens.
Bien ça, la Suisse!

— Et savez-vous pourquoi l'on
paye si peu d'impôts en Suisse? Mais
d'abord, afin de ne vous laisser aucune idée fausse à cet égard, disons
que l'impôt n'est pas établi comme la
division le donne. Les uns payent
beaucoup plus, les autres moins, non

pas selon la fortune, mais selon les
biens au soleil, comme on dit, terres,
maisons, et puis les patentes. Mais
nous parlerons de ceci une autre fois.
Je vous disais donc : Pourquoi la
Suisse est-elle si favorisée? Le savez-
vous?

— Apparemment que les gens y
sont moins dépensiers.

— Mais on y fait les dépenses nécessaires; car c'est un des pays les
mieux entretenus et les mieux culti-
vés de l'Europe. Sauf en deux ou
trois petits cantons, moins bien instruits, on n'y voit pas de mendiants,
ni même de misérables. Il y a partout
des écoles gratuites pour tous les
enfants; des asiles de vieillards,
d'infirmes; et le travail y est gé-

néralement mieux payé qu'ailleurs.

— Eh bien, monsieur, pourquoi, malgré tout ça, ne payent-ils pas cher? nous ne savons pas.

— Je le sais, moi, dit un des écoliers, dont les yeux petillaient de vivacité : c'est que la Suisse est une République, et que l'Angleterre, la Russie, l'Italie, la Saxe, etc., sont des monarchies.

— Mais la France est une République aussi, objecta un autre écolier.

— Oui, dit Jacques, mais elle ne l'est que de nom jusqu'ici et n'a pas encore eu le temps de s'arranger comme font chez elles les nations habituées à la République; elle est encore gouvernée par des monarchistes, que le pauvre peuple a en-

voyés là, sans les bien connaître.
Qu'elle ait le temps de s'organiser
comme la Suisse, qui est en République depuis cinq cent cinquante ans,
et les choses iront tout autrement ; et
il ne faudra pas pour cela cinq cent
cinquante ans à la France, dans dix ou
vingt seulement, elle pourrait être
aussi prospère que sa voisine ; car
c'est un fameux pays, une population
habile, un bon sol et un beau ciel.

—Tenez, reprit Jacques, pour achever notre démonstration, voyons un
peu ce qu'on paye aux rois et aux em-
pereurs dans les monarchies, simplement pour leur petit entretien annuel ;
ce qu'on appelle la *liste civile*, — et
sans nous occuper des châteaux, fo-
rêts, domaines de toutes sortes, qui

rapportent encore autant. Qui est-ce qui sait cela?

— Moi, dit un des écoliers en levant la main, c'est dans ma géographie; et il dit ainsi :

—La France payait dernièrement à

l'empereur Napoléon III..........	25.000.000
L'Angleterre paye à sa reine......	12.000.000
L'Autriche à son empereur........	19.000.000
La Russie à son empereur........	42.000.000
La Prusse à son roi.............	13.000.000
L'Italie à son roi..............	15.000.000

— Et la Suisse? demanda Jacques.

—Mais, puisqu'elle n'a pas de roi!

— Elle a des gouvernants, et comme toute peine mérite salaire, et qu'on doit pouvoir choisir des hommes de bien, qu'ils soient pauvres ou riches, il leur faut bien des appointements. Mais ces appointements n'ont rien de

plus élevé que ce que des hommes
très-instruits peuvent gagner dans
une profession libérale : douze mille
francs à chacun ; or, comme ils sont
sept, cela fait en tout quatre-vingt-
quatre mille francs, c'est-à-dire la
douzième partie d'un seul des millions
que l'on donne par dizaines aux em-
pereurs et aux rois.

— Eh bien ! il y gagne joliment à
faire ses affaires lui-même, ce peuple-
là ! s'écria l'un des enfants, et il faut
que les autres soient bien bêtes...

Ils se regardèrent alors en pensant
qu'ils étaient maintenant eux-mêmes
en monarchie, et se firent signe des
yeux. Jacques soupira, sans chercher à cacher son chagrin à ce sujet,
et reprit, — car il devait enseigner

la vérité à ses élèves, mais n'avait
point à les entretenir de choses auxquelles ils ne pouvaient rien, — il
reprit donc :

— Enfin, mes enfants, complétons
cet examen en remarquant que tous
les Etats monarchiques ont de grosses dettes, qui vont pour la France à
quatorze milliards, pour l'Angleterre
à treize, pour l'Autriche à neuf.

— Et la Suisse? demandèrent à la
fois plusieurs des enfants.

— La République suisse, elle, n'en
a pas du tout. Elle n'a que des excé-
dants de recettes.

— Vive la Suisse! crièrent les
enfants.

Et plus bas, avec de petits airs malins
malins et le doigt sur les lèvres, ils

ajoutèrent en sourdine : Vive la République!

Vous pouvez imaginer la belle colère de Fouinard, de Platin, de Legros et du général Rrran de Craquenboum.

C'était vraiment comme une malice du sort qu'ils fussent venus à ce moment-là ; car enfin il était ordinairement question dans l'école d'autre chose que de l'intérêt des peuples et de monarchie ; toutefois, il y a peu de sujets où la vérité ne fâche ceux qui ont besoin de la ruse et du mensonge pour mener les autres, et tourner les choses à leur profit.

— Je vais faire un bon rapport que vous signerez, dit Fouinard.

— Il faut envoyer aux galères le maître et les élèves ! s'écria Platin.

— Je vais les confondre par ma présence et leur faire un discours, dit M. Legros.

La colère de Rrran de Craquenboum ne s'arrangeait pas de ces lenteurs : il étouffait dans son hausse-col ; mais, dès qu'il eut pu le détacher, il tira son sabre, entra dans la classe, jurant et roulant les *r* à la manière d'un tambour, et fit une telle peur aux enfants, qu'ils se précipitèrent tous par les fenêtres, heureusement au rez-de-chaussée. Jacques s'était levé ; il croisa les bras en regardant ce furieux.

Le général leva le sabre sur sa tête, et l'eût fort bien occis, pour l'amour du bon ordre, si Platin, Legros et Fouinard, craignant pourtant l'opinion publique, n'eussent arrêté son bras et ne l'eussent entraîné dehors.

Le lendemain, Jacques était révoqué de ses fonctions. On fit venir à sa place deux hommes noirs, et ceux-ci recommencèrent à enseigner aux enfants que les ânesses parlaient, que les corbeaux portaient des pains, que les eaux se dressaient en l'air, que le soleil tournait autour de la terre ; que le bois mort fleurissait, que des baguettes se changeaient en serpents ; qu'il suffisait de montrer aux brebis des verges moitié blanches et moitié noires pour qu'elles missent bas des agneaux tachetés, et cent autres choses, plus ou moins fortes que ça, accompagnées d'un tas de massacres ordonnés par le bon Dieu, et d'histoires de saintes gens qui tuent tout le monde, et écrasent la tête des petits enfants contre les pierres.

Et quand les écoliers n'apprirent pas tout ça de bon cœur, on les fit mettre à genoux, on leur frappa sur les doigts, on les enferma dans un cachot noir, et on leur répéta sans cesse que le devoir était d'obéir, et que la raison de l'homme n'avait été faite que pour une seule chose, à savoir qu'il ne s'en servît pas.

Oui, désormais, tous les habitants de Malenpis, des grands aux petits, maudissaient la monarchie et regrettaient leur premier sort.

Il survint pourtant une chose qui en ramena beaucoup de ceux qui avaient encore des écus, et à qui le percepteur Grosgain, d'un côté, et le

banquier Grangoulu de l'autre, n'a-
vaient pas tout pris. Ce fut l'espoir
de faire de très-belles affaires, et voici
comment : — Un jour, le banquier
Grangoulu annonça à son de trompe,
et avec beaucoup d'affiches sur les
murs, qu'il avait en main une affaire
d'or, une entreprise magnifique, une
chosecommeil ne s'en était jamais vu.
C'étaient des mines d'argent fort
abondantes, qu'on venait de décou-
vrir dans le royaume, et qu'avait ache-
tées une compagnie dont lui, Grangoulu, était gérant. Il ne s'agissait
plus que de les exploiter, et c'était
pour cela qu'il fallait d'abord un peu
d'argent ; après quoi, tous ceux qui
seraient entrés dans l'affaire n'auraient plus qu'à se baisser pour en

ramasser..... tant qu'ils en voudraient.

« Vous en doutez, messieurs? Eh bien, soit, vous avez raison : il faut toujours y regarder de près, et ne lâcher son épargne qu'à bon escient. Eh bien, messieurs, voici notre conseil d'administration, la fleur du royaume : M. le chancelier Du Grand-Lemonceau de la Truffardière, M. le grand-croix de la Chevalerie de l'Industria, M. l'amiral Croquelard, le duc de la Félonnière, le grand administrateur de tant de réseaux, Crocheux, l'éminent ingénieur Macaire, le pair du royaume Trentin-Catinard.... En voilà des noms, messieurs, et quels noms! la plupart même en ont deux! Pourriez-vous de-

mander des personnages plus consi-
dérables et de plus magnifiques ga-
ranties? Le pourriez-vous? Que ceux
qui ont 500 francs se hâtent donc de
les apporter en échange de ces actions
inappréciables, dont le rendement
doit dépasser tous les bénéfices connus
jusqu'à ce jour. Et qu'on se dépêche !
car il n'y en a plus que cinq cent mille,
et les membres du conseil d'administration en ont déjà pris pour leur
compte autant que leurs moyens le
leur ont permis !

« Une généreuse et touchante pensée de l'administration a fait décider,
— afin de ne point priver les pauvres
des bienfaits d'une telle entreprise,
— que cinq ou dix personnes pourront
s'associer pour prendre une seule ac-

tion ; car nous voulons, dans notre amour du bien public, que tous participent, et surtout nos bons et fidèles annexés, les habitants de Malenpis, à la pluie d'or qui va féconder nos heureuses contrées. »

Ça fit grand effet. Tout le monde en fut sens dessus dessous. Bien sûr du moment que de si grands personnages, des chanceliers, des ducs, des marquis, des chevaliers en étaient, il n'y avait pas moyen de concevoir la plus petite défiance. De pareils noms ! De grandes gens comme ça ! Tous ceux qui avaient de l'argent le portèrent à Grangoulu. Pingrelet en prit pour 25,000 francs, qu'il dut emprunter, oui, ma foi, car il n'avait que ses terres ; mais fallait-il renoncer

pour cela à devenir millionnaire? Ça
n'eût pas été raisonnable. Il emprunta
donc à Grandgoulu 25,000 francs sur
bonne hypothèque, et il devait rendre
ça (peuh! une misère) dès qu'il aurait
touché quelque chose sur ses actions.

Mais c'est Gobe-La qui ne pouvait
se consoler; Dieu de Dieu! Quoi!
parce qu'on est gueux, faut donc le
rester absolument!!! Une si belle occasion de faire fortune, là, sans se
donner aucun mal!—Il s'en arrachait
les cheveux. Tant cria-t-il, tant fit-il,
qu'il trouva neuf associés pour, à force
de boursicoter, prendre avec lui deux
actions, et toutes leurs pauvres épar-
gnes y passèrent, voire même qu'ils
vendirent, celui-ci son bois de l'hiver
suivant, celui-là son blé de l'année;

mais, bast! on ferait comme on pourrait; pour arriver à la fortune, on peut bien se serrer le ventre en attendant; après, on fera bombance.

Chez les gens qui pensaient ainsi devenir riches, grâce aux compagnies de la monarchie, aux ducs, aux chanceliers et à Grandgoulu, cette espérance donc apaisa les rancunes et les ennuis qu'ils avaient du reste; ils se dirent qu'un état de choses qui enrichissait les gens avait du bon, et ils prêchèrent la patience aux autres.

Pourtant, arrivaient sans cesse nouvelles raisons de crier. On se rappelle qu'une certaine Linette avait disparu toute une nuit, après le bal donné par le prince. Neuf mois après, cette Linette accouchait d'un petit bâtard

royal. Ce ne fut pas tout : quelques
jours après, il en naquit un autre ;
puis un autre encore. Et toutes les
mères accusaient le prince de leur
malheur. Ajoutez à cela que les soldats, n'ayant rien autre chose à faire,
puisqu'ils étaient là, bras ballants,
toute la journée, imitaient le prince
de leur mieux, pensant bien ne pouvoir choisir un modèle plus distingué.
Il y avait sûrement de la faute des
filles, à qui les panaches avaient
tourné la tête, mais plus encore de la
faute des séducteurs, qui promet-
taient monts et merveilles, et ne
tenaient rien. A la fin de la première année, l'asile des orphelins
s'était augmenté de vingt-cinq pou-
pons.

C'est la mère Bonsens qu'il fallait entendre! Elle n'en était pas moins bonne aux pauvres petits ; mais elle ne pouvait, la chère femme, apercevoir, même en peinture, un seul des soldats du roi Bombance, et elle leur avait fait tant de honte de leur vilenie, que maintenant ils prenaient tous la poudre d'escampette d'aussi loin qu'ils la voyaient. Et pour le prince, elle ne le ménageait pas davantage.

On ne comprend guère comment elle ne fut pas renvoyée ; mais c'était une si bonne directrice, qu'il eût été difficile de la remplacer.

Il fallut tripler et quadrupler les revenus de l'asile pour subvenir à ces charges, et le conseil communal fut réuni pour cela. Maintenant, c'était tout ce qu'il avait à faire que voter des fonds; on ne lui demandait rien autre chose, et il ne pouvait rien de plus. Au lieu de traiter comme autrefois toutes les affaires de la commune, comme il était bien naturel, puisque c'étaient leurs affaires et non celles du roi, il fallait que, pour un bout de route, pour une construction, pour l'école, pour la mairie, pour un rien, et enfin pour tout, on en référât au préfet et aux ministres du roi Bombance, qui seuls décidaient de ces choses, apparemment parce qu'ils ne les connaissaient pas.

Tout à coup, on apprit que la guerre était déclarée entre le roi et l'empereur. — Pourquoi cela? demandait-on.

— C'était difficile à dire, puisqu'on n'en savait trop rien. Toujours est-il que les deux monarques appelaient chacun de son côté leurs sujets à venger par le fer et le feu leur offense, et chacun d'eux espérait bien que son vaillant peuple, le plus vaillant de tous les peuples, sans contestation, donnerait sa vie sans marchander pour une si belle cause.

La commune de Malenpis se trouvait juste au milieu entre les États du roi et de l'empereur. Autrefois, on faisait un détour pour l'éviter, respectant sa neutralité ; mais comme à présent elle faisait partie des États du roi Bombance, les troupes du roi et celles de l'empereur s'y ruèrent tout à cœur joie, et y firent les quatre

cents coups. Il ne resta ni une goutte
de vin dans les caves, ni un légume
dans les champs, ni un arbre dans les
jardins. La plupart des maisons furent trouées et renversées par les
boulets; tous les bœufs furent man-
gés, tous les chevaux emmenés. Tels
champs furent trépignés de façon à
ce que la charrue n'y pouvait entrer
plus qu'en un rocher, et tels autres
furent engraissés de chair et de sang
humains, de telle sorte que le paysan
épouvanté n'osa de longtemps y semer
son pain. Et cela dura cinq mois, après
quoi, s'étant tué de part et d'autre,
200,000 hommes, ayant détruit en récoltes et en travaux plusieurs centaines de millions, et en ayant employé à
peu près autant en dépenses de guerre,

la paix se fit; et, pour en payer les frais, les habitants de Malenpis furent imposés d'une moitié en plus.

Franchement, ces gens auraient bien volontiers étranglé de leurs propres mains le roi Bombance, l'empereur; le prince, les généraux, les ministres et toute la séquelle régnante. Ils en étaient presque fous, quasi enragés de colère, d'indignation. Et l'on n'entendait plus parmi eux que ce refrain :

—Ah! si c'était à recommencer!...

Et Claude Pataud, dit Gobe-La? et Grouillard? et Boissansoif? et tous ceux qui avaient tant travaillé pour le roi Bombance?

Boissansoif était mort de faim; Grouillard tenait la tête basse, et n'était pas le dernier à maudire les rois ; quant au pauvre Gobe-La, une balle avait été sa dernière bouchée.

Vers ce temps-là, Léveillé, celui qui avait été condamné, comme vous savez, pour avoir déchiré la feuille des contributions, et qui avait fait son temps dans les prisons du royaume, revint au pays. Son vieux père était mort de misère, sa femme en était mourante, et ses enfants mendiaient leur pain. Mais il en était ainsi arrivé de bien d'autres, qui, jusque-là, vivaient de leur travail dans l'aisance. Et combien de mères vêtues de deuil !

Alors, bien des gens demandèrent à Léveillé :

— Vous qui avez un peu connu les gens du royaume, comment sont-ils donc si bêtes que de rester sous un roi? Car notre malheur est un peu leur faute. En voyant à côté de nous un grand peuple, des millions de gens se soumettre à la monarchie, pouvions-nous croire que c'était un si grand mal?

— C'est justement ce que je leur ai demandé moi-même, répondit Léveillé. Mais si j'avais fait cette question sur les chemins, précisément puisque ces gens sont si bêtes que de supporter un roi, ils n'auraient pas pu me dire leurs raisons. Je les ai apprises de gens d'esprit qui se trouvaient avec moi; car dans les monarchies, il arrive souvent que l'on met en prison les gens d'esprit avec les coquins, parce qu'ils voient le dessous des choses et voudraient le faire voir aux autres. C'est donc un de ceux-là qui m'a dit :

— Mon cher, les peuples, quand ils sont, comme le nôtre, depuis des siècles en monarchie, sont tellement habitués à être foulés et malheureux, qu'ils ne sentent pas tant leur mal, ou du moins n'imaginent pas comment il serait possible de faire pour être mieux. C'est comme un âne dont les coups de bâton ont tanné la peau, au point qu'il ne les sent presque plus. Je connais pourtant un peuple qui a voulu tâter de la République, et qui a eu la bêtise de la lâcher au bout d'un ou deux ans, parce qu'il avait pris de mauvais gouvernants et que ça n'allait pas mieux tout de suite. Que voulez-vous? On ne peut pas se laisser conduire à l'aveuglette et y voir clair. Une chose certaine, du moins, c'est qu'on ne voit jamais les États qui ont longtemps vécu en République, tels que la Suisse, les États-Unis, s'aviser de prendre un roi ni un empereur. Il n'y en a jamais eu nulle part, sans vous fâcher, d'aussi bêtes que les gens de Malempis.

— Il avait raison! s'écrièrent les pauvres gens, il avait raison! On ne nous en dira jamais plus que nous n'en pensons nous-mêmes. Mais, à présent que nous voilà pris, et que nous avons là soldats et gendarmes pour nous mettre la main au collet, et nous tirer des coups de fusil, comment faire?

— Comment faire? se répétaient-ils sans cesse avec désespoir.

—Il faut pourtant essayer quelque chose, se dit Lavisé, et il alla trouver Francette.

— Mais voyons d'abord où les choses en étaient de ce côté-là.

Pingrelet, pendant la guerre, s'en était allé prendre le frais au bord de la mer, avec sa femme et sa fille. Ainsi avaient fait Grosgain et son fils Trop-d'Un, qui depuis longtemps avait passé l'âge de la conscription. Ainsi avaient fait tous ceux qui avaient assez d'argent pour s'ôter de là, laissant le pauvre monde aux prises avec les maux de la guerre, eux qui pourtant les avaient attirés sur le pays.

Au loin comme auprès, Francette

était restée fidèle à son cher Jacques,
et si Trop-d'Un l'avait toujours en-
nuyée, au moins n'avait-elle pas eu
le prince à ses côtés. Il était allé à la
guerre comme général, bien qu'il ne
fût pas du tout militaire, et ses au-
gustes maladresses avaient coûté
plusieurs batailles perdues et des dizaines de milliers d'hommes tués, de
plus qu'il n'en eût été sans lui.
Cependant, les journaux de la cour
avaient vanté sa bravoure. Les journaux de l'opposition avaient bien
lancé quelques plaisanteries sur la
grande quantité de fourgons que le
prince traînait à sa suite, et où se
trouvaient, outre certaines dames de
la cour, une énorme quantité de par-
fumerie, de friandises et de cuisiniers.

Mais le peuple ne lit pas ces jour-
naux-là, que, d'ailleurs, on supprime
quand ils disent la vérité ; si bien qu'il
ne sait jamais que ce que les rois veulent lui faire accroire.

Après la guerre donc, les Pingrelet,
les Grosgain étaient revenus au pays,
bien peinés de voir leurs propriétés
dévastées, et s'occupant de les réparer. Déjà même ils avaient demandé
des indemnités, et il était question
d'établir, à cet effet, de nouveaux
impôts ; seulement on ne savait sur
quoi les mettre : le vin, la viande,
l'huile, la farine, les allumettes, le sel,
la terre, tout déjà étant imposé. On
ne pouvait pourtant pas laisser ces
pauvres riches dans la misère, en sorte
que l'on avait mis à l'étude un projet

consistant à imposer l'air qui entrait
par les fenêtres, et la fumée qui sortait
par les cheminées.

Cependant, si le prince Parfait avait
perdu de vue Francette pendant la
guerre, il ne l'avait point oubliée ; non
qu'il l'aimât véritablement, puisqu'il
ne cessait point de mener une vie dé-
bauchée ; mais il était piqué sans doute
de ne pouvoir triompher de cette simple fille, si charmante d'ailleurs. Aussi
était-il revenu à Malenpis peu de temps
après le retour de Pingrelet et de sa famille, et il logeait, comme à l'ordinaire, chez M. Legros, dont les ennemis avaient respecté le château. —
Car il est bon d'observer que les grandes gens de toutes les nations ne se font
jamais de mal entre eux, et sont pleins

de courtoisie les uns pour les autres, même en guerre. Le général ennemi avait logé chez M. Legros, qui l'avait très-bien reçu, et pas une pierre ni un arbre du château n'avaient été endommagés.

Les choses donc étant ainsi, Lavisé alla trouver Francette, pendant une absence de Pingrelet. Et ils causèrent longtemps, et en quittant le père Lavisé, on eût pu entendre Francette lui dire, de son air doux et ingénu :

—Mais comment ferai-je pour ainsi mentir ?

— Ma fille, répondit Lavisé, nous sommes dans la nasse, il faut en sortir. Est-ce de la vérité qu'ils nous donnent ?

Le soir, le prince vint chez Francette, et, comme il lui disait pour la centième fois :

— Oh ! belle Francette ! quand m'aimerez-vous ? La fillette, au lieu de répondre, comme à l'ordinaire : — Jamais ! — fit un grand soupir. Bien content, il la pressa davantage, et elle dit alors :

— Comment pourrais-je me permettre de vous aimer, quand les mères et les fiancées de mon pays sont dans le chagrin à cause de vous ?

— Que leur ai-je donc fait ? demanda-t-il ?

— Ne retenez-vous pas leurs fils et leurs fiancés loin du pays ? C'est au point qu'elles m'en veulent de vous parler seulement, et qu'elles m'ont fait affront l'autre jour, disant que j'en étais cause, ce dont j'ai bien envie de mourir de chagrin !

— Laissez-là ces sottes péronnelles, belle Francette ; consentez à épouser Tropd'Un, et venez à la cour.

Francette soupira de nouveau, se laissa prendre un baiser et dit enfin :

— Au moins, promettez-moi une chose.....

— Je la jure d'avance ! s'écria le prince avec transport.

— Je veux que les femmes de mon pays me pardonnent. Faites venir nos jeunes gens à la place de vos soldats. Puisqu'il faut une garnison à Malenpis, ils en tiendront lieu, et le pays sera plus content.

— Il y a bien des inconvénients, dit le prince un peu sérieux.

— Ah! vous avez juré; serait-il possible que vous ne tinssiez pas votre parole?

— Non, mais.....

— Vous ne m'aimez pas!....

Le prince était trop amoureux pour ne pas faire tout ce que voulait Francette; il tint donc parole, malgré les observations de M. Legros. Après tout, pouvait-on craindre une révolte de ce pauvre petit pays, ruiné comme il l'était? On rappela donc les jeunes gens de Malenpis, et ils vinrent remplacer les soldats du royaume, la veille des noces de Francette avec Trop-d'Un : c'était l'exécution de sa promesse à elle, et jusque-là, sa mère qu'elle en avait priée, ne-la quittait point. On fêta l'arrivée des jeunes soldats, et chaque mère, en embrassant son fils, lui coula un mot dans l'oreille.

Le lendemain, pour les noces, grande pompe et grande musique. C'était le prince qui donnait la main à la fiancée, toute blanche et toute pâle. Et derrière eux, donnant le bras à la mère, venait Trop-d'Un, ayant au cou la grand'croix du Coucou royal. Tout le monde était sur les portes, la nouvelle garnison de Malenpis, avec ses fusils bien astiqués, faisait la haie sur le passage du cortége. On entra dans la mairie, et bientôt le maire, qui était Baisetout, nommé non par la commune, mais par le roi, demanda à Francette si elle consentait à prendre Jean Grosgain, surnommé Trop-d'Un, pour époux. Au milieu du silence, on entendit la voix douce et claire de Francette :—Non ! disait-elle.

Ce fut une grande surprise. Le prince, Trop-d'Un, Grosgain et Baise-tout en restèrent tout effarés, et Pin-grelet se jeta sur sa fille pour la battre, juste au moment où la pauvre enfant se trouvait mal. Mais il ren-contra le poing de la mère Bonsens qui le fit reculer de dix pas, tandis que la bonne femme, aidée de Lavisé, abritait Francette derrière la table du maire ; car, à l'instant même, il se fit un grand tumulte.

Les jeunes gens de Malenpis, ar-més de leurs fusils, entraient dans la salle en criant :

—Au diable les monarchies ! Vive la paix ! vive la liberté !

On vit bien alors que tous les princes ne sont pas braves, comme le prétendent les journaux royaux ; car le prince Parfait ne songea qu'à se faufiler dans les rangs pour trouver la porte au plus vite, et après lui, ou même devant, sans souci de l'étiquette, détalèrent Platin, Baisetout, Fouinard, Legros, et tous autres gens du roi. On les laissa passer ; mais, arrivés à la porte, voilà qu'ils y trouvent un autre bataillon : c'étaient les femmes de Malenpis, armées de leurs balais, qui, toutes à la fois, comme si elles avaient appris l'exercice, leur râclent le dos et ce qui s'ensuit. Ils eurent beau courir, les commères aussi avaient des jambes, et de longues colères amassées, qui leur mettaient du feu dans les bras et dans les jarrets. Aussi les conduisirent-elles de cette façon jusqu'aux limites de la commune, et jamais majesté royale ne fut mieux fessée, ni gens de cour mieux étrillés.

C'est fort bien. Mais les rois se vengent : que va devenir la pauvre commune de Malenpis? Elle s'attendait à voir le prince Parfait revenir à la tête d'un régiment. Cependant ces malheureux étaient si horripilés de la monarchie, qu'ils se déclarèrent prêts à mourir plutôt que d'en goûter désormais; ils élevèrent des retranchements et préparèrent la défense. Mais, heureusement pour eux, pendant qu'ils

chassaient le prince, le roi Bombance
mourait d'une indigestion. Le prince
Parfait courut aussitôt dans la capitale pour se faire nommer roi ; mais
il y fut reçu à peu près comme à
Malenpis ; car on y avait proclamé la
République.

Il y a deux ou trois ans de cela, et
déjà les Baisetout, les Platin, les
Fouinard et les Grangoulu de l'an-
cien royaume parlent d'y restaurer la
monarchie : — Qu'ils aillent donc le
dire à Malenpis ! Cette pauvre commune commence à se refaire. Elle se
donne de meilleures institutions. Ainsi
elle a décrété que le conseil communal
sera désormais nommé tous les ans,
afin que ceux des élus qui ne feraient
pas leur devoir, ne pussent pas con-

tinuer longtemps à gâter les affaires. Il est même établi que l'on
procédera à de nouvelles élections
dans le courant de l'année, s'il se
trouve un certain nombre de citoyens
mécontents,—je ne me souviens plus
du chiffre, — qui en fassent la demande
publique. Après tant de malheurs, on
s'entend mieux; on s'aime davantage;
on cherche le bien avec plus de sincé-
rité; et prochainement, la commune
de Malenpis aura repris le nom de
Bien-Heureuse, qu'elle avait perdu!

Une des choses qui préparent le
mieux le bonheur et la prospérité de
ce petit pays, c'est l'école tenue par
Jacques et sa femme Francette. Je
vous jure que les garçons et les filles
élevés par eux ne seront pas des

Gobe-La. Ils sauront tout ce qu'il faut pour bien comprendre leurs intérêts, cultiver la terre de mieux en mieux, et, en même temps, connaître l'essentiel de ce qui se passe dans le monde et dans la nature. Ils seront tout à la fois instruits et bons travailleurs, d'honnêtes gens, de vrais humains, vivant par l'esprit comme par le corps, et à qui l'on n'en fera pas accroire aisément.

Non, il ne faudra pas que les princes Parfait, les Bombance, les Rrran de Craquenboum, les Fouinard, les Grangoulu, et pareilles engeances, viennent s'y frotter !

Vous êtes curieux peut-être de savoir ce que sont devenues les mines de Grangoulu, et comment Pingrelet a pu consentir au mariage de sa fille avec Jacques?

Les mines d'argent de la Société Grangoulu et C° étaient une de ces mauvaises plaisanteries, qui ne sont autre chose que le vol en grand. Ces choses-là abondent sous les monarchies, parce que les marquis de la Truffardière, les Grands-Croix, les Macaire, etc., etc., qui y mettent leurs grands noms pour attirer la confiance des sots et avoir part au gâteau, sont presque toujours des soutiens et amis du gouvernement, qui les laisse escroquer tout à leur aise l'argent du pauvre monde. Les mines d'argent qui devaient donner la fortune à cinq cent mille actionnaires, et qu'ils avaient payées des millions, ne va-

laient pas 100,000 francs. Pingrelet
et Grosgain furent ruinés de l'affaire,
ou peu s'en faut, et bien d'autres avec
eux ; ainsi appauvri, et tout écrasé
sous la honte d'avoir soutenu la monarchie, Pingrelet fut trop heureux
d'un gendre tel que Jacques, si aimé
et si honoré dans le pays.

Après tout ce qui s'est passé, après
avoir vu les rois et princes amener
avec eux les mauvaises mœurs, le vol
et la guerre, il n'est personne maintenant à Bien-Heureuse qui ne sache
que la vraie richesse est dans le travail, et que le bonheur et l'ordre vé-
table ne sont pas ailleurs que d   la
liberté.

Paris. — Typ. de Rouge et Cie, rue du Four, 43.

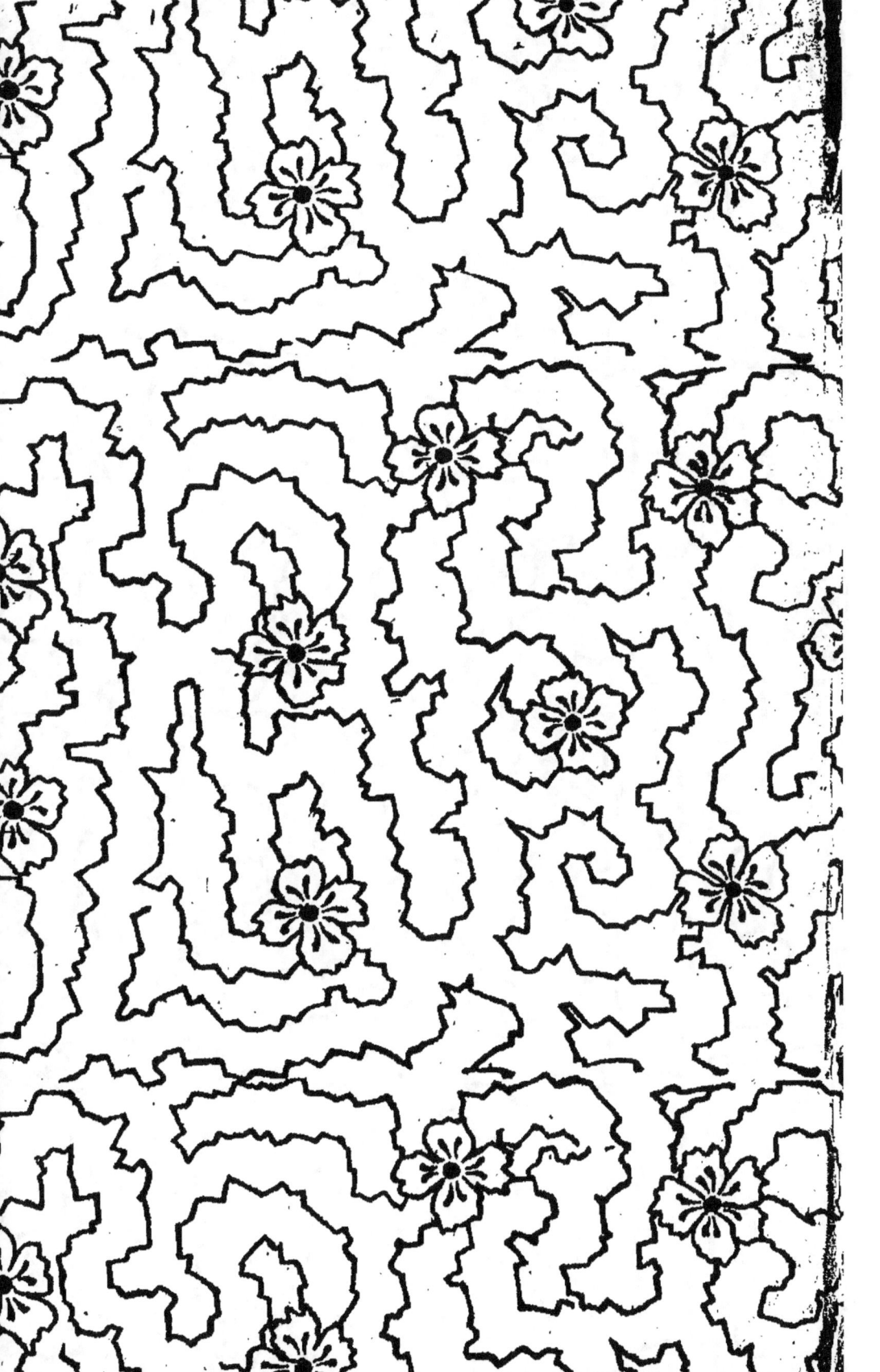

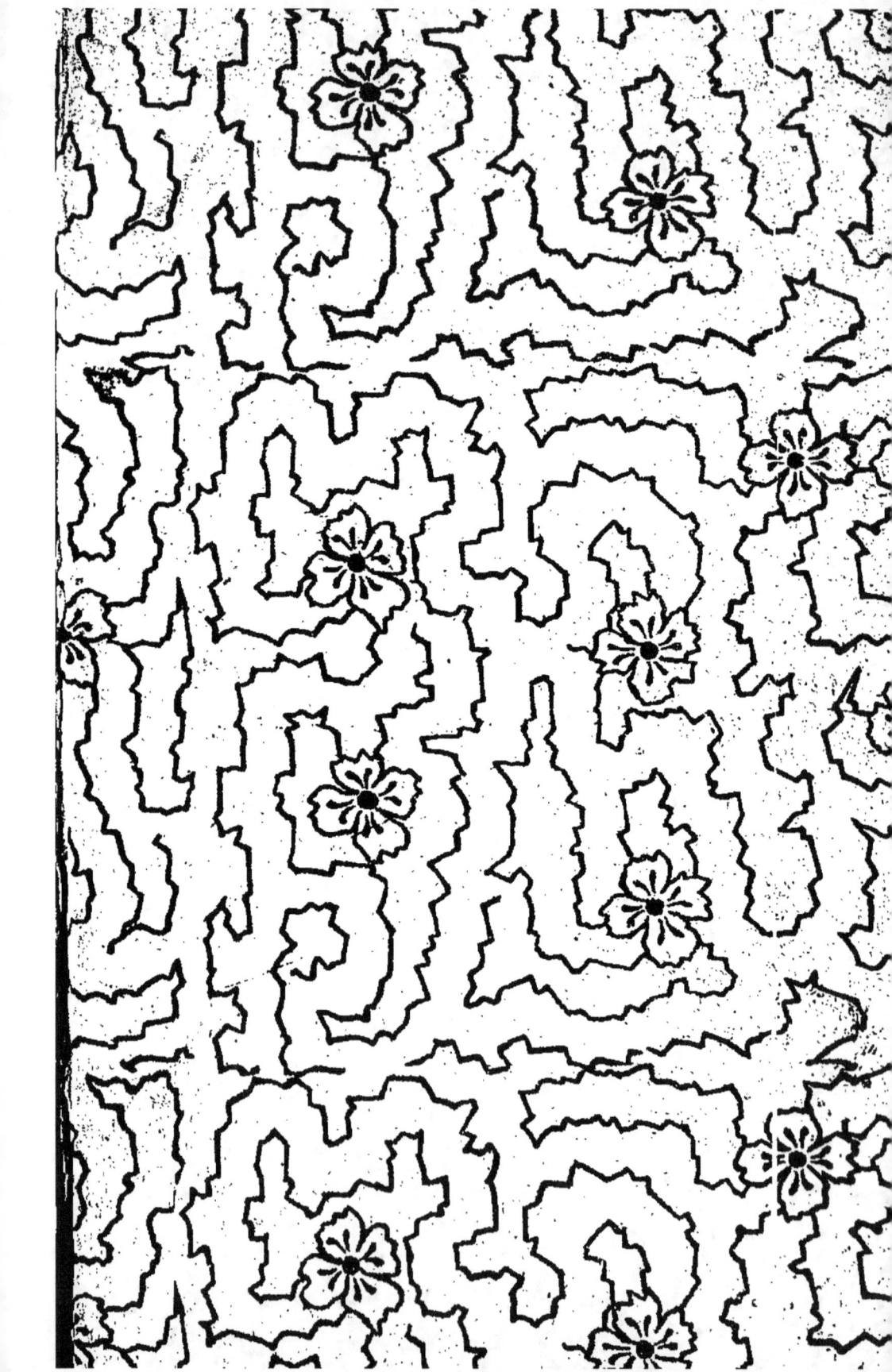

www.ingramcontent.com/pod-product-compliance
Lightning Source LLC
Chambersburg PA
CBHW051832020726
47502CB00005B/1750